COLLECTION FOLIO

Jeanne Benameur

Les mains libres

Denoël

© *Éditions Denoël, 2004.*

Jeanne Benameur est l'auteur de textes poétiques, de textes pour la scène et de romans.

Elle initie actuellement des séminaires atypiques de formation. D'autre part elle est partenaire de municipalités pour le développement de la lecture et de l'écriture.

Jeanne Benameur, par la pratique de l'écriture, interroge la société et questionne la liberté humaine.

À mon fils Guillaume

La meurtrière est « un vide étroit, pratiqué dans les murailles des ouvrages fortifiés, et destiné au passage des projectiles » (Nouveau Larousse illustré. Éd. 1936)

La meurtrière est aussi une femme qui a commis un crime.

Nous portons tous en nous le vide étroit.

Nous portons tous en nous la muraille.

Ni projectile, ni crime.

Il arrive que l'on soit simplement meurtri.

Madame Lure va, vient, vit. Proprement seule.

Madame Lure a ce qu'il faut.

L'entretien de son appartement et les commissions quotidiennes comblent son besoin de déplacement physique. Comment combler l'espace des rêves ?

Cela a lieu dans la cuisine.

Madame Lure étale une carte de géographie sur la toile cirée. D'abord, elle défait les pliures de la tranche de sa main bien tendue. Elle appuie.

À chaque passage, le dos de sa main semble faire reculer un mur invisible.

Plus loin. Encore.

Le coude se déplie. Le bras se tend. Elle lisse les mers, les pays, de sa paume courte, ferme.

Viennent alors les noms des lieux qu'elle prononce tout bas, tête penchée. C'est une prière secrète. Elle s'efforce à une diction claire. Il faut que chaque syllabe soit distincte. Parfois même, elle détache, nette, une lettre d'une autre lettre.

L'évocation gagne encore en étrange. Elle entend sa voix résonner comme une autre.

Elle crée l'ailleurs dans sa bouche. Roc et sel.

Auprès de la carte dépliée, une brochure de voyages.

Personne ne connaît ses départs.

Personne n'agite de mouchoir.

Cela dure. Qu'importe le temps des horloges.

Personne ne l'attend. À aucune escale. C'est une voyageuse de la terre qu'elle ne quitte pas. Ses valises n'ont jamais eu à être bouclées.

De tout temps, il n'y a jamais eu de bagage.

Madame Lure, dans ses périples, est légère.

Son poids sur la terre ne pèse plus rien.

Elle s'est déchaussée.

Elle repousse les pantoufles, pose les pieds dans l'empreinte encore chaude de ses propres semelles, à même le carrelage. Comme s'il y avait eu quelqu'un d'autre, là.

Quand monsieur Lure quittait le lit à l'aube pour aller lire, loin, elle cherchait du pied sa chaleur, à sa place. Elle n'avait jamais su ni appeler, ni retenir. Elle échangeait les oreillers, pour l'odeur.

Comment fait-on pour garder les vivants ?

Maintenant madame Lure voyage pieds nus. Toujours.

Comme si la peau sentait la terre rouge des contrées lointaines, la poussière du bord des routes. Toute semelle gâcherait le voyage. Parfois, elle frotte le glacé des carreaux noirs et blancs sous la table, en quête d'une quelconque aspérité, un caillou du chemin à faire rouler sous la plante du pied.

En même temps alors elle tourne la tête vers la fenêtre, à droite, dans un geste qui tend le cou, lève le menton.

Elle cherche le ciel.

Il faut soudain que son regard cogne, rencontre, là-haut, ce qui ne s'atteint pas.

Alors seulement elle retourne à la carte, aux pays bien à plat sous sa main.

C'est comme rentrer à la maison.

Les collines et les bêtes viennent à elle, déliées.

Elles sortent des photographies, se livrent page à page. Son cœur les accueille une à une. Madame Lure est une étrange arche de Noé.

Respectueuse de chaque brin d'herbe. Elle s'emplit. Les couleurs la pénètrent. La chaleur bruit à son oreille. L'air sec l'enveloppe comme il rend rêche le pelage des bêtes lointaines.

Elle a le cheveu court et dru, elle aussi. Elle a le cheveu gris.

Parfois elle pose son front contre celui d'un buffle ou d'un éléphant. Elle prend son regard.

Que diraient ses voisins s'ils la voyaient.

Madame Lure sourit.

Elle ne sourit qu'aux bêtes, qu'aux gens des photographies dans les brochures de voyages. Eux seuls la voient.

Elle n'a jamais su sourire à un visage vivant. Ça bouge. Ça se contracte, ça creuse des rides de chaque côté d'une bouche ou bien ça la détend, d'un coup, joyeuse. C'est trop.

Elle n'a jamais su regarder quelqu'un dans les yeux.

Ce qui lui a permis de s'approcher de monsieur Lure, c'est l'immobilité de ses traits. Et les sourcils broussailleux qui protégeaient de son regard. Lui seul pouvait la fixer sans qu'en elle s'affole quelque chose de secret, de profond, quelque chose d'enfermé, toujours prêt à l'alarme.

Monsieur Lure aimait ses yeux baissés.

Elle lui avait été totalement reconnaissante de l'avoir épousée. Il l'avait, disait-elle, « sortie du trou ». C'est tout ce qu'il sut d'elle.

Elle semblait avoir été seule au monde depuis toujours. Monsieur Lure ne lui avait rien demandé de son passé.

Elle habitait un deux-pièces mansardé dans l'immeuble où il était revenu, après l'Afrique. « Pour peu de temps », avait-il précisé, dès son arrivée, au couple de concierges qui avait bien connu ses parents.

Peu de temps. Le temps de liquider les

meubles et objets laissés par les siens depuis trois générations à respirer le même air dans le même espace. « Le temps, avait-il proféré, de déblayer tout ça. »

Après l'Afrique, il voulait du neuf.

« Toutes ces vieilleries m'encombrent. J'ai besoin d'aide pour trier, emballer, m'en défaire.

— Demandez donc à la jeune fille de là-haut. C'est elle qui faisait le ménage chez votre maman les derniers temps. Elle prenait soin de tout. Elle saura vous être utile et ça lui fera gagner un peu. M'est avis qu'elle n'a guère d'embauche ces temps-ci. Pourtant, elle est bien propre et bien soigneuse. »

Les paroles de la vieille concierge avaient fait leur droite route.

Monsieur Lure était monté, il avait trouvé le deux-pièces clair et astiqué, la jeune personne sans aucun charme, discrète, sans regard.

Ses yeux s'étaient attardés sur ses mains, petites, fermes.

Elle était descendue avec lui et, pendant un mois, elle avait mis en cartons ce qui partait

« chez les pauvres » ; ce qui se vendait ; ce que monsieur Lure gardait.

Ils n'avaient pas échangé vingt phrases.

Monsieur Lure indiquait les destinations, bourrait sa pipe, partait seul dans son bureau s'occuper des livres. C'est la seule pièce à laquelle elle n'avait pas accès. Le reste lui appartenait.

Elle s'affairait, silencieuse, efficace.

Parfois monsieur Lure poussait une porte, entrait. Il suivait les gestes de cette femme qu'aucun apprêt n'aurait pu rendre jolie. Il aimait ses mains.

Elle, pendant ce temps, voyait passer tout ce qui avait fait la vie de cette famille de fonctionnaires : vaisselle, photographies des grands jours, diplômes.

En un mois, elle en savait beaucoup.

Les objets disent.

Leur fragilité ou leur robustesse, leur couleur, leur usure, renseignent mieux que toutes les confidences.

Un déménagement est une mise à nu.

Elle restait parfois longtemps devant certaines places laissées vides dans l'album de famille : photographies perdues ou enlevées. Elle ne cherchait à imaginer ni les visages ni les vêtements. Elle se contentait de la place rendue vacante par chaque cliché absent.

Une place qui lui suffisait.

Elle s'y glissait.

Elle regardait le monde par le regard fixe des gens des photographies.

Monsieur Lure l'avait trouvée ainsi, un jour, l'album ouvert sur son tablier bien repassé.

L'immobilité de ses mains l'avait saisi. Quelque chose dans son absence à tout était alors si concentré, si dense, qu'il en avait été bouleversé.

Cette femme existait comme un caillou sur le sentier.

Une présence rare.

Une révélation.

Il n'avait connu cela qu'une seule fois, en Afrique. Pour une femme assise à l'entrée de sa case, qu'il avait contemplée.

Il dit : « Si vous le voulez notre photographie pourra s'ajouter à celles-ci. » Puis, plus bas mais très distinctement : « En mariés. »

Elle avait dit oui en gardant la tête baissée, les yeux toujours fixés sur une place vide dans l'album, comme elle disait oui quand il annonçait : « Je vais déjeuner chez Émile », le restaurant familial du coin, ou : « N'hésitez pas à jeter ce qui est hors d'usage. »

Simplement, ses mains n'avaient pas repris leur activité.

Au bout d'un moment, il était sorti.

Celle qui ne s'appelait pas encore madame Lure pleurait, silencieusement. Une de ses larmes était tombée sur le gris, entre des visages qui posaient pour l'objectif.

Elle s'était levée, s'était essuyé les yeux. Elle était remontée dans son deux-pièces, n'était pas revenue de la journée.

Qu'avait-elle fait ce jour-là ?

Au soir, tout ce qui lui était précieux était rassemblé sur le couvre-lit de satinette verte. Cela tenait dans ses deux mains. Elle avait entouré le tout dans un vieux tricot de laine grise déformé aux coudes. Elle avait noué les manches bien serrées. Elle avait glissé la boule dans son foulard du dimanche, celui qu'elle tenait autour de son cou pour sa promenade hebdomadaire le long des arbres du fleuve.

Elle avait noué le foulard bien serré.

Jamais elle ne défit le nœud.

À la nuit, monsieur Lure était monté. Il avait toqué discrètement. Pas de réponse.

Il avait vu la lumière sous la porte, avait toqué à nouveau. Plus de lumière.

Au fond d'elle, assise sur le lit étroit, des couleurs comme des aiguilles. Ne plus bouger. Elle se rappelait les photographies de pieds bandés. Les pieds meurtris des Chinoises d'un autre temps. Quand on enlève les bandelettes, le sang circule à nouveau. Et la douleur. Ne plus bouger.

Il était descendu. Une main sur la rampe, l'autre frôlant le mur écaillé par endroits, comme lorsqu'il était enfant, il avait fermé les yeux. Il souriait.

Qu'aurait-il dit si elle avait ouvert ?

Elle, les paupières closes dans l'obscur, tout occupée à calmer ce qui palpite.

Le lendemain matin, elle était arrivée comme d'habitude, à neuf heures. Il l'avait accueillie d'un « Bonjour, Yvonne » qui remplaçait désormais le « Bonjour, mademoiselle Yvonne ».

En abandonnant le mademoiselle, sa voix s'attardait davantage et donnait trois syllabes au prénom qui d'ordinaire s'achevait, court. Elle avait trouvé du repos à entendre le e final. Il était le seul à la nommer ainsi depuis qu'elle était née.

À midi, comme elle s'apprêtait à remonter les étages pour prendre son déjeuner, il avait mis son chapeau et lui avait offert le bras.

Elle avait eu un temps d'arrêt.

Qu'avait-elle revu, en un instant, devant ce bras tendu, qui l'invitait ?

Les jupes sales d'une femme ? Son bras moulé

d'un vieux tricot de laine grise, étiré par les sacs de pommes de terre qu'elle traînait au marché. Et elle, derrière, si petite, qui portait sa charge comme elle pouvait, trottinante. Le bras gris qui levait, rapide, le verre bordé de mousse jusqu'à la bouche. Maman. Ses lèvres à elle qui se serraient sur le verre d'eau. Maman ? Maman ? Le regard qui l'englobait soudain, elle et le monde, dans la même brume. Ça y est. Elle avait disparu.

Elle avait revu des arbres, calmes, hauts, plantés à intervalles réguliers, le long d'un canal.

Vivante pour qui ?

Yvonne avait respiré longuement.

Puis elle avait glissé sa main à la place qu'il lui offrait, contre sa poitrine. Elle n'osait pas bouger les doigts.

Ils étaient allés déjeuner chez Émile.

Quand tout avait été terminé dans l'appartement, la décision de monsieur Lure était prise : il ne bougerait pas.

Le changement d'air avait eu lieu : il avait épousé Yvonne.

Cela suffit à son exigence de nouveauté.

Les lieux se transforment.

Les lames découvertes d'un parquet longtemps couvées par une large armoire mettent au jour un bois nu, presque neuf, vulnérable.

Madame Lure avait beau cirer.

La vieille dame se lève, pose délicatement la brochure de voyages refermée sur la pile au coin du buffet bas.

Elle fait quelques pas, pieds nus, jusqu'à la porte de la cuisine. Elle marche en appuyant le talon, fort, comme si elle écrasait encore des mottes de terre dure.

C'est ainsi qu'elle se sent verticale.

Elle pourrait elle aussi porter de lourdes charges sur la tête, fière comme les femmes des photographies.

Elle aurait pu, elle aussi, porter un bébé dans son dos, noué bien serré dans un grand foulard.

Quand elle remet ses chaussons, ses épaules retombent toutes seules.

Elle boutonne son cardigan de laine, va à la salle de bains.

Se coiffer, s'apprêter sans jeter un regard dans la glace, c'est l'habitude. Son reflet l'accompagne, comme une jumelle indifférente.

Elle ne se maquille pas.

Elle n'a pas de visage.

Quand elle franchira la porte, elle sera cette petite femme beige et grise qu'on ne remarque pas : imperméable au col fermé, chaussures confortables, chapeau de pluie s'il risque de pleuvoir.

Avant de quitter l'appartement, elle en fait le tour.

Chaque fois.

Il faut que chaque chose soit à sa place, tranquille et pour toujours.

Elle décale légèrement le cendrier inutile mais présent de monsieur Lure, la statuette d'ébène.

L'écart ne doit pas être modifié.

C'est l'exacte distance entre les deux qui lui permet de les englober, ensemble, dans son regard, sans s'y attarder.

C'est comme ça pour chaque objet, chaque meuble.

Leur relation dans l'espace de chaque pièce s'est fixée.

Elle la respecte.

On dit qu'on se tient à distance respectueuse de quelqu'un. Elle tient à la distance juste.

C'est elle qui lui permet de continuer à aller, venir.

Les choses entretiennent un rapport précis entre elles. Madame Lure en entretient un identique avec elles.

Ni éraflure, ni poussière. Tout doit être lisse. Elle ne veut pas être happée par une rugosité qui soudain entraînerait et le doigt et l'esprit. Jusqu'où ?

Un jour, il y eut quelque chose. Au creux de son ventre. Il y a longtemps. Un sourire ?

« Ça a bien failli », avait dit le médecin. « Allez, vous êtes jeune, ce sera pour une prochaine fois. »

Il n'y avait jamais eu de prochaine fois.

Ça avait failli.

Madame Lure fait son dernier tour un chiffon à la main.

Elle passe sur toute trace.

Elle efface toute poussière.

Le lieu qui réclame le plus de vigilance est le bureau de monsieur Lure : la pièce aux livres.

Aucune pellicule grisâtre ne doit se déposer sur la tranche des ouvrages. Jamais.

Madame Lure ne lit pas.

Parfois elle tire un ouvrage d'entre les autres, l'ouvre, le feuillette. Les lignes écrites, les lignes blanches, viennent jusqu'à ses yeux. Elle ne désire pas entrer dans une de ces lignes. Elle ne désire pas entrer dans une phrase, puis une autre jusqu'à pénétrer à l'intérieur d'une histoire. Qu'y ferait-elle ?

Elle préfère les chiffres des étendues, des superficies. Elle préfère les nombres d'habitants des villes, des régions, des pays. Elle les connaît par cœur, se les récite parfois.

Elle s'y sent protégée.

Elle a emporté, seul, l'atlas, dans la chambre. Il lui arrive de s'endormir, la main sur le Tibet ou l'Arabie.

Ce sont les nuits de ses meilleurs rêves.

Une fois par mois, les catalogues de l'agence de voyages, près du grand magasin, changent.

Madame Lure part faire ses courses, comme d'habitude. Mais ce jour-là, elle est habitée par un sentiment qui l'oblige à contenir son pas, à ralentir son souffle.

Elle s'efforce, ne parvient pas à éteindre sa hâte.

Enfin, devant le présentoir, au coin de la vitrine où sont affichés les prix des allers-retours lointains, elle s'arrête.

Un rapide coup d'œil, juste pour qu'en elle les couleurs du pays vanté en couverture pénètrent. Une promesse. Elle évite le nom. Ce sera pour la cuisine. C'est là qu'elle le découvrira. C'est là qu'elle le prononcera, devant son café.

Elle s'empare du catalogue, le dépose au fond du cabas après l'avoir glissé dans la poche en plastique anonyme qui le masquera jusqu'à son retour dans l'appartement.

Elle ne tient pas à ce qu'on la questionne.

Elle ne veut rien expliquer de ses voyages à monsieur et madame Arnolle, ses voisins du premier qu'elle croise parfois, au hasard des rayons d'alimentation ou dans l'escalier de l'immeuble. Monsieur Arnolle signifie toujours son bon voisinage d'un « Laissez-moi donc porter votre panier au troisième, madame Lure ». Elle répond rituellement d'un « Voyons… » qui traîne, qui dit non, gentiment, avec le sourire qui ne vient pas jusqu'au visage.

Du temps de monsieur Lure, ils s'invitaient deux à trois fois l'an pour l'apéritif.

Au premier ou au troisième, jamais à l'aise, elle restait assise sur le divan, les yeux posés sur la carafe, cherchant à se reposer des présences dans la couleur cuivrée du vin de Malaga ou de Porto.

Depuis qu'elle est seule, elle a agrandi l'écart entre elle et les autres.

C'est sa juste distance.

Elle ne sait pas faire la conversation.

Chaque question, si anodine qu'elle soit, la met en péril. Elle apprécie monsieur et madame Arnolle pour le respect qu'ils ont de sa réserve.

Un catalogue de voyages les mettrait à l'épreuve.

Madame Lure va acheter de quoi faire ses deux repas du jour. Rien de plus. Elle n'aime pas faire les courses. Elle n'aime pas l'ordonnancement des rayons du grand magasin.

Dès qu'elle est hors du lieu où elle passe ses jours, elle ne rêve qu'éparpillement, mélange, disparate.

Chaque samedi, c'est ce qui la pousse vers le marché.

Elle arpente l'unique allée plusieurs fois, humant les senteurs, serrée par les autres dans l'étroitesse qui sépare les deux rangées d'étals. Elle aime être ballottée. Elle n'est pas cette femme à l'air fermé qui tient son cabas au plus près d'elle. Elle est ailleurs. Les légumes et les fruits se confondent à d'autres, glanés sur les photographies de marchés lointains. D'autres dont elle se dit les noms avec délectation, dans le silence de sa bouche close.

Des noms pour le son, pas pour le palais qui en ignore le goût.

Elle n'imagine ni le sucré ni l'acide. Ce n'est pas la saveur qui l'intéresse, la saveur c'est quand on prépare pour quelqu'un. Elle, c'est le bruit des noms dans sa gorge, dans sa poitrine.

Alors, dans un espace au fond d'elle, un sourire.

Le jour du marché, peu importe ce qu'elle achète, ce qu'elle grignotera à la table de la cuisine, elle a eu son content. Les vendeurs aux cris rauques ou gouailleurs ne savent pas à quelle merveille ils ont été conviés par la petite femme aux cheveux gris qui remontait, descendait l'allée, toute seule.

Mais aujourd'hui, c'est le jour de la nouvelle brochure de voyages. Un souffle plus fort la fait avancer.

Pourtant, au détour d'un rayon, elle s'arrête.

Son œil vient de capturer quelque chose : une main.

Fins, longs, des doigts ont dissimulé quelque chose — du chocolat ? — sous la cape grise d'une sorte de marionnette de bois.

Ah.

Madame Lure ne parvient pas à calmer son regard. Elle scrute. Des pieds, directement glissés dans des chaussures à lacets, nus. Des chaussures lourdes, noires. Un pantalon informe, large. Plus de couleur. Des rayures, on dirait. Elle ne remonte pas jusqu'au visage, de face, ne peut pas.

C'est un jeune homme qui vient de faire le geste.

Il a volé.

Il se retourne.

A-t-il senti sa présence, son regard ? Elle a baissé la tête, semble tout occupée à chercher un produit sur un rayon. Est-ce qu'il sourit tout seul ? Il s'éloigne.

Elle scrute.

Ses cheveux sont noirs, très fournis, un peu longs.

Maintenant elle peut observer complètement la silhouette. Elle ignore le visage.

Pourquoi ne peut-elle s'empêcher de suivre ce pull crasseux, ces longues jambes nonchalantes ?

Madame Lure trottine sans quitter des yeux le garçon et sa marionnette. Il s'appuie d'une hanche à la caisse, cherche au fond d'une poche de quoi payer la boîte de conserve qu'il place sous le nez de la caissière, sans la poser sur le tapis roulant de caoutchouc. D'une voix lente et comme moqueuse, il fait les présentations. Le chapeau noir de la marionnette s'incline, le jeune homme annonce « Voici monsieur Oro » puis « Monsieur Oro, voici... ». Il attend. D'où vient son accent ?

La caissière a une hésitation. Sourire ? Parler ? Laisser à sa place l'inconnu trop familier, loin, derrière la caisse, le tapis roulant, là où il doit vivre, dans la crasse sûrement, qui s'est amassée au creux des mains, sous les ongles mal taillés ?

La caissière ne choisit pas. Elle désigne d'un geste le prénom exhibé sur la blouse à petits carreaux bleus et blancs, attrape la boîte, vise le code-barres, énonce le prix. Le regard perdu sur l'allée centrale, elle encaisse. Seules, ses mains font le travail.

Madame Lure, elle, a entrevu le profil, aigu ; a entendu la voix. D'où vient son accent ?

Quelque chose, au fond d'elle, bouge, informe.

Un remuement.

Quelque chose de lent, de lourd.

Madame Lure ne respire plus qu'autour de ce qui en elle se réveille. Lointain, presque inconnu. Son corps s'engourdit autour de cela, fait masse.

C'est étrange. Une laborieuse rumination qui se met en route.

Elle fait les gestes habituels de qui paye, attend sa monnaie, referme son sac. Mais en elle, une faille. C'est ouvert. C'est au creux de sa poitrine. Sa trace, elle ne la perdra pas.

Le jeune homme est sans hâte.

Il a fait apparaître la tablette à nouveau entre ses doigts de prestidigitateur. Il croque le chocolat, avant même d'avoir quitté le magasin.

Madame Lure est derrière lui.

Si près.

Elle pourrait toucher le tissu de ses vêtements, là, devant elle.

Elle a baissé la tête.

Il a poussé la porte de verre sans un regard pour qui le suit. La porte bat. Madame Lure attrape la barre verticale, la pousse à son tour.

Eh quoi.

Elle devrait rentrer.

Dans son immeuble, au troisième étage, l'attend un espace où elle vit, tranquille, depuis longtemps. Longtemps. Les choses sont à leur place et la vie, sa vie, étendue, bien à plat. À l'abri. Elle devrait rentrer. Là où le temps ne se heurte à rien. Elle devrait.

Elle ne rentre pas.

Derrière lui, elle a glissé son pas.

Qui les remarquerait verrait une longue silhouette dégingandée au pas lent, capricieux. Derrière, il n'y a qu'une vieille dame, un peu courtaude, qui porte un panier presque vide.

Celui qui marche devant s'arrête parfois devant une boutique, échange quelques paroles avec une marionnette qu'il tient alors à hauteur de son visage. Il regarde. Peut-être. Ce sont ses doigts qui déchiffrent la texture des objets, ses doigts qui suivent la forme d'une robe, comme la dessinant à neuf sur la vitrine. Le jeune homme se retourne parfois.

Celle qui suit s'arrête alors aussi. Le panier à ses pieds. Elle ne fait rien.

Parfois on la dirait prête à renoncer, traverser la rue, repartir.

Mais non.

Elle ne quitte pas des yeux la main qui, sans se soucier de rien, continue à tracer des morceaux du monde devant elle.

À nouveau alors elle sent cette chose comme une forme qui en elle s'éveille. À nouveau elle est resserrée, retenue autour de cette chose en elle qui demande. C'est un mystère. Elle s'y rend.

Elle a secoué la tête. Rien que pour elle. Un vieux cheval fatigué qui renâcle encore, seul, trop chargé, en haut de la côte, mais qui avancera.

Soudain elle a sorti de sa poche en plastique, au fond du panier, la brochure de voyages.

Elle l'ouvre.

Un talisman ?

Les images défilent. Elle les voit à peine.

Des cases aux toits ocre-gris. Chapeaux pointus sur les murs de terre. Des ciels presque blancs.

Une femme portant sur la tête un large panier plein d'objets, sur une plage. C'est l'Afrique.

Madame Lure n'a jamais regardé l'ailleurs dans une rue, au bord d'un trottoir.

Côte d'Ivoire.

Ah.

Le pays d'où revenait monsieur Lure, où il n'est jamais retourné. Des vagues si hautes que l'écume éclabousse le ciel. Les baigneurs tout petits.

Madame Lure resserre les images les unes contre les autres sans lever la tête, referme les pages. Si le jeune homme était parti le temps de la brochure, elle aurait abandonné. Mais il en est autrement. Il se remet en route à ce moment précis. Comme s'il l'avait attendue.

Elle ne s'attarde plus.

Elle a du mal à suivre les pas qui vont devant elle. Les grandes enjambées souples se jouent de la dureté du trottoir. Les chaussures lourdes, noires, épousent le pavé, s'inventent des semelles d'hévéa.

Madame Lure, elle, sent ses pieds, deux pierres au bout de deux bâtons de bois, ses jambes.

Elle ne lâche pas.

Elle n'a pas cherché à savoir où la déambulation de ce grand jeune homme l'avait conduite.

Maintenant seulement elle reconnaît la place, le square, la fontaine où aucune eau ne coule plus depuis longtemps. C'est son quartier. Elle reconnaît la petite rue qui longe la grille devant les arbres, débouche sur le boulevard. Ils ont fait un grand détour pour revenir exactement au même endroit.

C'est un jeu ? Pour la perdre ?

Le grand magasin.

Puis le boulevard. D'un côté, les immeubles anciens, bien entretenus ; de l'autre, le pont aérien, du terrain abandonné, les grandes arches à découvert juste devant la haute porte à code. C'est sa rue. C'est sa porte.

Après la déambulation, il l'a donc reconduite chez elle. Sans le savoir ?

Elle, elle ne marche jamais du côté du pont.

Sur l'autre trottoir, aujourd'hui, elle voit sa porte. De l'autre rive, c'est un changement.

Lui vient de prendre à droite, oblique vers le pont, s'enfonce sous une arche. Là, en angle, deux caravanes, comme un bivouac. Elle n'y avait pas fait attention. Depuis combien de temps sont-elles là ?

Il est entré dans l'une des deux. La porte s'est refermée.

Madame Lure se retrouve au bord du trottoir. Elle entend parler. Ou croit entendre. Dans une langue qu'elle ne comprend pas.

Soudain, comme réveillée en sursaut, elle n'attend plus, traverse brusquement.

Le code.
La porte.
L'escalier.
Pas l'ascenseur. L'escalier. Marche après marche. La tête aussi dure que les pieds. Caillou. Caillou.
Elle monte, ne s'arrête pas.
Le souffle manque.
La gorge étroite, elle est sur le palier. Son palier.
La clef, dans la poche close du porte-monnaie.
Voilà.

Ouvrir.
Entrer.
Refermer.
Tourner la clef. Deux tours.
Le souffle ne revient pas.
Qu'est-ce donc ?

Directement à la cuisine.

Elle s'assoit, tout habillée de dehors. Comme si le corps se cassait. Le souffle est là soudain, dans la pliure des genoux, dans la pesanteur retrouvée d'un coup.

Alors, lentement, elle tire du cabas la poche en plastique, fait glisser sur la table la brochure de voyages. Ne veut plus rien voir d'autre.

Plus rien savoir d'autre.

La tête posée sur les deux mains elle ouvre les yeux grands.

L'Afrique.

À nouveau, les vagues hautes, si hautes qu'on ne peut qu'avoir peur d'y aller, se perdre. Aucun baigneur dans l'eau. Quelques touristes en maillot sur le sable.

Et au fond d'une des photographies, un homme, enturbanné de noir. Il porte un coffre sur la tête. Comme un roi mage.

Madame Lure ne le quitte plus des yeux. Elle le choisit.

L'étoffe du vêtement doit être rêche, sèche de sel. Il n'y a pas de reflets. C'est bien.

Elle se fait toute petite, pénètre dans le coffre sculpté. Il lui faut un refuge. Elle ne sait plus où est sa vie. Les parois obscures l'accueillent. C'est du cuir de Mauritanie. Elle respire l'odeur un peu âcre.

Elle ôte son imperméable, le dépose sur la chaise face à elle. Enfin.

Tout lui parvient assourdi par l'épaisseur du cuir rouge.

Oublier.

Être portée sur la tête de cet homme dans le désert.

Traverser.

Blottie dans la pénombre, elle laisse ses doigts aller comme ceux de l'inconnu sur les vitrines tout à l'heure. Le verre le cuir sont lisses.

Que ressentait-il au bout des doigts ? Que ressent-on quand on laisse sa main aller ?

Inventée là, au creux de la photographie, la caresse.

Ses mains à elle ont toujours su prendre, tenir, porter, poser. Elle ne sait pas caresser. Il aurait fallu apprendre. Quelqu'un.

Ses mains essayent.

Sa paume approche lentement de la toile cirée, ne choisit pas l'endroit où la peau va rencontrer. C'est lisse aussi, tiède encore de la chaleur du coude appuyé là, tout à l'heure. La main se déplace doucement.

La paume guide, entraîne les doigts à sa suite.

Elle sent la douceur. Elle garde les yeux fermés. La main se soulève, se rapproche de la table, recommence.

Une caresse. À nouveau. Une autre.

Son cœur est suspendu.

Il ne bat plus comme d'habitude. C'est étrange. Est-ce que la cadence du sang change ?

Sa tête se tend vers la fenêtre. Mais non. Pas le ciel.

Juste quelque chose.

Juste sa main qui ne s'arrête plus maintenant.

Caresser. Caresser.

Essuyer, ce n'est pas caresser.

Le chiffon, entre la peau et chaque chose, empêche.

Madame Lure s'est levée.

Elle avance en aveugle, les deux mains tendues, ouvertes.

C'est une vieille dame qui effleure de la paume les murs de ce lieu où elle était installée, servante protégée de l'ordre.

Elle découvre.

Elle avance.

Ses doigts rencontrent chaque meuble, chaque objet.

Elle ne s'arrête pas.

Non, elle ne veut plus effacer la poussière. Elle veut caresser.

Ses mains passent et repassent sur le bois le cuir le velours.

Son cœur bat plus vite. Il lutte. Contre quoi ?

Elle respire fort.

Au nouveau rythme, sa poitrine se soulève. L'air enfle.

Madame Lure a encore dans l'œil le dos des hautes vagues des photographies quand elles forment un rouleau. Elle voudrait passer sa paume tout au long de l'échine ourlée d'écume. Elle porte la main à sa poitrine.

Soudain arrêtée.

Devant la porte du bureau de monsieur Lure.

Arrêtée.

Ce sont les doigts du jeune voleur qu'elle revoit alors que les siens s'emparent du loquet, le font tourner, ouvrent.

Pourquoi jusqu'ici.

Dans ce bureau moins qu'ailleurs, rien ne peut être autrement. Pourtant c'est ici. Ce n'est pas elle qui guide. Ce sont ses mains, tendues.

Elle a tourné ses paumes vers la fenêtre comme pour les montrer au ciel.

Sans rien regarder, elle va droit aux livres.

Tous.

Les caresser tous.

Un à un.

Les livres que monsieur Lure lisait, enfermé. Les livres dont il ne parlait jamais alors que son visage, tout son être en était imprégné quand il sortait d'ici et qu'elle savait. Oui, elle avait appris. Quand la lecture avait été bonne, le visage était harassé et ravi. C'était le visage de qui a porté au-delà de ses forces quelque chose de trop lourd et le dépose enfin, les mains encore raidies de l'effort. Si la lecture n'était pas achevée, il était absent, distrait de tout. Elle servait alors à table un homme qui mangeait sans la voir, s'essayait à quelques paroles par gentillesse, remettait à sa bouche une part d'un plat qu'il ne goûtait pas.

Elle savait qu'il retournerait à « son antre », comme il disait, sitôt le repas achevé.

Il lui arrivait aussi d'y dormir, dans le lit de jeune homme qu'il avait tenu à garder, qu'il défaisait à peine, comme si le sommeil, là, avait été autre. Un sommeil sans corps.

Vivante pour qui ?

Madame Lure sent sous sa paume le cuir, parfois gravé, les tranches arrondies.

C'est un monde qu'elle caresse. Un monde de signes. Le monde de monsieur Lure.

Les yeux fermés, aujourd'hui, sous ses mains, c'est un monde pour chacun de ses doigts.

Elle pourrait ouvrir tous les livres.

Elle pourrait caresser chaque ligne, une à une.

Combien de temps pour chacun ?

Les heures, les minutes mises bout à bout dépasseraient-elles son temps, le temps qui reste ?

Elle ne sait pas.

Déjà, pour vivre, elle sait si peu.

Alors la main de madame Lure s'empare. Un livre. Un seul.

Le livre sur lequel ses doigts se sont refermés, elle le connaît, même si elle ne l'a jamais lu. Elle y a touché. Il y a longtemps. Il n'est pas lourd mais pèse suffisamment. On ne pourrait pas tenir autre chose en le portant. Elle le sait. Elle se rappelle.

C'était il y a combien d'années ?

Il est placé au début d'une rangée. Les autres volumes s'appuient sur lui. Elle ne regarde pas le titre.

On n'oublie pas.

Elle n'a pas envie de savoir, n'est jamais allée jusqu'à l'histoire.

Maintenant qu'elle l'a retiré, toute la rangée penche, comme attirée par le vide, la place laissée libre.

Ici non plus, sa main n'effacera plus la poussière.

Elle ne veut plus.

Elle sort du bureau.

Elle tient toujours le livre. Un peu éloigné d'elle. Quelque chose de trop fort l'a envahie.

C'est ce livre. Son cœur ne sait plus qu'en faire. Il faut du temps pour apprendre à battre plus large, encore plus large. Et le temps…

Madame Lure traverse tout l'appartement, le livre au bout de son bras.

Elle sort de l'immeuble, n'a pas pris ses clefs.

Quelle heure est-il ? La lumière a changé. Depuis combien de temps erre-t-elle dans l'appartement ?

Elle traverse la rue, va droit au campement de fortune.

Personne nulle part.

Comme on s'agenouille alors, elle ploie le corps.

Là où elle s'est arrêtée, elle pose le livre. Deux ou trois pierres grises prises dans le sol. L'endroit où le trottoir devait laisser place à l'habitation. Un immeuble, avant, ici ? Une maison ?

Dans la tête de madame Lure aussi, l'excavation.

Elle ne sait plus. La mémoire a creusé une place large, profonde. Parfois, la mémoire cède.

Elle ne sait plus.

Elle a oublié.

Juste poser le livre.

Au pied des pierres.

Dans ce qui rappelle de la terre, du sable, aux bords comme arrachés du goudron.

Il ne faut rien se demander d'autre.

Elle se relève.

Elle ne regarde rien.

En aveugle, elle regagne l'autre rive, entre dans l'immeuble, monte les marches.

Elle a poussé la porte, est allée droit à la cuisine.

Elle est réfugiée.

Maintenant, la nuit peut tomber. Elle peut attendre.

Sous ses yeux grands ouverts, la brochure de voyages, à la même page. Elle se déchausse, pose les pieds dans le sable. Elle n'entrera pas dans le lourd coffre. Non. Elle marche derrière la silhouette sombre qui ne se retourne jamais.

Madame Lure ne connaît plus d'autre chemin que celui de ce dos qui la précède.

Il y a eu les épaules du jeune homme, comme accrochées à deux fils tendus vers le ciel. Au bout des longs bras, les doigts voleurs et la marionnette, parfois tout près de son visage, parfois abandonnée, tête vers le sol. Qu'a-t-elle suivi ?

Maintenant, elle se niche derrière un tissu dont elle ignore la vraie couleur, un tissu sombre que le vent d'un océan gonfle, plaque contre un corps noueux. Les chevilles brunes forcent le sable à faire une place, éphémère, au pied qui avance. C'est cette lenteur, cette force, qu'elle suit. Il y a de la mémoire dans cette cheville qui creuse sa place malgré tout ce qui s'écroule autour d'elle.

Ses pieds à elle s'enfoncent entre les grains qui volent. Il faut oublier l'océan qui élève sa barre de rouleaux sur sa droite.

Il faut croire que le vent soulèvera aussi pour elle quelque chose de la terre.

Alors elle pourra avancer.

Mettre son pas dans celui de l'homme sombre qui continue sa route sans se retourner.

C'est sur la photographie.

Ce n'est pas l'océan qui fracasse ses vagues contre les oreilles de madame Lure. C'est son sang.

Contre ses tempes, c'est sourd, c'est fort.

Et la nuit vient.

Comment expliquer que le temps n'a plus lieu d'être.

Cette femme n'est plus nulle part.

Le temps la soulève.

Si l'appartement de monsieur Lure l'a si bien gardée ; si l'espace relié, organisé, a si bien joué son rôle ; si elle a été, elle, ce point bien ordonné, seul mobile parmi les autres ; elle sait qu'elle n'a rien tissé. Jamais. C'est l'évidence. Elle a juste retenu. Quoi ?

Les mains de madame Lure sont ouvertes sur ses genoux.

La lumière a baissé.

On ne peut pas dire que ses mains reposent. Non. Elles sont ouvertes, simplement. Deux tortues sur le dos. La paume nue, fragile désormais parce qu'elle a caressé. Des mains qu'on ne peut plus refermer.

Ces mains-là qui ont pris, rangé, serré, ces mains-là ne pourront plus jamais rien faire comme avant.

Elle les regarde.

Monsieur Lure les prendrait-il dans les siennes aujourd'hui ?

Elle revoit ses doigts. Elle les revoit autour d'un livre, autour de sa pipe, autour d'un verre de thé brûlant. Jamais ouverts.

S'il pouvait venir jusqu'à elle aujourd'hui, il entendrait aussi le fracas de son sang.

Alors elle pourrait le regarder.

Maintenant oui, elle pourrait.

Elle oserait.

Et elle ouvrirait doucement chacun de ses doigts.

Madame Lure sait que la nuit enveloppe les gens quand ils restent, comme elle, assis, seuls, dans une cuisine. Elle s'en est toujours gardée.

Ce soir, elle laisse faire.

Des morceaux d'elle partent à l'obscur. Elle consent.

Pour que certains restent entiers, ne faut-il pas que d'autres acceptent d'être pris, morceau par morceau ? Ce soir, c'est elle. C'est ainsi. La nuit ne peut pas rester seule. Jamais.

Elle prend ceux qui ne dorment pas.

D'abord, elle fait songe autour de leur corps.

Quand on l'a laissée faire une fois, elle recommence. Elle sait bien que celui qui a accepté une fois acceptera encore. Celui qui a accepté est sorti de l'histoire du temps. L'histoire rassurante de la veille et du sommeil, des dates et du calendrier qu'on se raconte pour faire passer la vie. Celui qui laisse la nuit l'envelopper ne compte plus les heures, c'est fini.

Il accepte d'être emporté. Il accepte d'être sans histoire.

Madame Lure a regardé ses mains. Elle s'est levée, a traversé la cuisine, le couloir. Elle n'a pas allumé les lumières.

Dressée devant la fenêtre du salon, elle se sent comme étirée par l'obscur. Les rideaux ne voilent rien.

En bas, de l'autre côté de la rue, il y a le campement. Un brasero. La lueur rouge et un peu de fumée.

De chez elle, on ne sent rien. Elle imagine l'odeur. Elle la sait un peu âcre, rauque.

Ceux-là aussi, ils laissent faire la nuit. C'est la

même nuit. La même obscurité sans regard pour les corps, les visages qu'elle enveloppe, prend.

Les yeux de madame Lure fixent.

Un autre monde ?

Où sont les mondes ?

Elle n'en a jamais eu, elle.

Cette nuit, elle s'approche de cela : un territoire au fond d'elle qui appelle, qu'elle ne connaît pas.

Elle, elle n'a rien su que l'espace ordonné d'un point à un autre. Elle allait, venait, faisait ce qu'il y avait à faire pour maintenir cet ordre et celui des corps qui le traversaient.

Elle n'a jamais fait que garder les distances exactes entre des points.

Ça ne fait pas un monde.

Mais c'était toute sa vie.

C'est fini. Ses mains se sont ouvertes.

Le jour peut venir.

Cela ne changera plus rien.

Elle n'effacera plus la poussière.

Elle ne garde plus.

Au matin, le livre a disparu.

Dans quelles mains ?

Elle ne sait pas. Dans une des vieilles caravanes ? Posé au pied d'un lit ou sur une étagère ? Elle ne sait pas. Elle imagine.

Des jours passent. Et rien.

Depuis la nuit de veille, elle observe. Le plus souvent debout.

La fenêtre l'attire. Elle y revient.

Des heures entières il n'y a rien. Juste la place du brasero, noircie. Elle repère : les morceaux de carton déchirés, les restes de palettes cassées qui servent pour le feu et des choses ramassées pêle-mêle. Un jour, un ballon. Étrangement tout ce bric-à-brac compose une sorte d'ordre pour l'œil qui voit d'en haut. Quelque chose de reposant. Elle se rappelle cette photographie, prise en Inde, pleine de la furie d'une circulation dense dans des rues. Elle avait contemplé. Cela devenait autre. Les voitures les camions les bus, assourdis par l'immobilité du cliché, étrangement silencieux. C'était du repos, oui.

Elle aime le désordre encadré par sa fenêtre. C'est un tableau.

Quand cela s'anime, elle a un mouvement de recul, arrachée à sa contemplation. Elle s'écarte comme s'ils pouvaient la voir.

Pas une seule fois ils n'ont levé les yeux vers elle. Pas une seule.

Pourtant elle s'écarte.

Elle n'a jamais épié qui que ce soit de toute sa vie.

Maintenant elle vole.

Rien que des images.

Elle vole la jupe de la femme qui s'accroupit près du feu. Elle vole les bras maigres, durcis, du vieil homme qui casse les palettes pour alimenter les flammes, son chapeau noir qui s'envole parfois. Un coup de vent, et la jeune femme a déjà bondi, lui rapporte en riant. Comme un jeu.

Un jeu aussi la marmite et la cafetière, les

timbales. C'est le jeune homme qui s'en occupe. Peut-être le frère de la femme. Alors, le vieil homme, peut-être leur père ? Leur grand-père ?

Depuis combien de temps vivent-ils ainsi ? Où étaient-ils, avant ?

Ça n'a pas d'importance. Ce qui importe, c'est qu'ils soient là. Leur présence à tous les trois.

Même quand elle dort, ils sont là.

C'est une sensation nouvelle.

Elle peut se dire Ils sont là.

Elle a le feu du brasero sous sa fenêtre et des paroles qui ne parviennent pas jusqu'à elle. Ils restent parfois si longtemps accroupis devant les flammes bleuâtres.

À travers eux, la brochure de voyages donne plus. Madame Lure entend plus proche le bruit de la mer, le fracas des rouleaux qui se cassent au bord de la plage.

La jeune femme sort une chaise basse, on dirait que les pieds en ont été coupés, elle relève parfois sa jupe aux genoux, les flammes près des jambes. Le garçon va, vient, d'une roulotte au brasero. Au campement, il a l'air affairé. Il n'est plus le voleur nonchalant qu'elle a suivi. Il sort souvent un carnet d'une de ses poches et trace des choses.

Quand il est avec les autres, il n'a jamais sa marionnette.

Le vieil homme se tient accroupi, comme les Africains des photographies, les coudes reposant sur les genoux, les mains ballantes. Il ne parle pas.

Ces trois-là ne savent pas qu'une vieille dame les fait monter jusque chez elle, qu'elle s'endort dans l'espace vivant de leur présence, la main sur le drap.

Un dernier regard à l'atlas de monsieur Lure posé sur sa table de chevet et elle ferme les yeux.

Maintenant, elle se souvient de ses rêves presque chaque matin et ils l'accompagnent tout au long du jour.

Elle laisse faire aussi. C'est la nuit qui l'accompagne. Les rêves l'envahissent toute d'une couleur, d'une odeur.

Parfois elle se sent très petite.

Est-ce que les rêves usent le temps à ce point ?

Un matin, monsieur et madame Arnolle l'arrêtent. Elle descend, son filet à provisions à la main. Elle est encore dans le rêve de cette nuit-là, ne veut pas le quitter.

Ils parlent tous les deux à la fois, font trop de bruit. « Et comment peut-on tolérer une chose pareille ? Sous leurs fenêtres. Avec le brasero, les risques d'incendie… on ne sait pas… ils sont installés là avec quelle autorisation, d'ailleurs ?… et pour combien de temps ?… Et puis, madame Arnolle baisse la voix… elle a vu, oui, de ses yeux vu, la femme qui relevait ses jupes et comme ça, oui, comme ça, comme je vous le dis, qui s'accroupissait pour… vous voyez ce que je veux dire, un besoin naturel… enfin, c'est inadmissible. On ne peut pas, on ne peut pas tolérer plus longtemps tout cela… et qui sait s'ils ne vont pas après en faire venir d'autres ? »

Madame Lure tente de rester accrochée à son rêve. Ils parlent trop fort. La forêt où elle avait retrouvé monsieur Lure, cette nuit, qui lisait seul, disparaît. Elle en pleurerait.

« Et elle n'a pas peur qu'ils aient repéré, les trois, qu'elle était une femme seule, hein, on ne sait jamais... » Les Arnolle continuent.

Madame Lure a fermé les yeux.

Non non, elle n'a pas peur de cela. Ce n'est rien. Juste un campement de fortune. Ils ne font de mal à personne. Ils vivent là, c'est tout. Non. Elle n'a pas peur.

Elle veut descendre, vite, ne plus entendre les voix.

Monsieur et madame Arnolle les voient bien mieux qu'elle. Quelle chance... Ils pourraient presque se parler... Ils ont, sous leur fenêtre, la porte peinte en bleu où disparaît le jeune homme. Une porte avec un étrange dessin noir qui forme comme une voûte, un arc sombre. Qui l'a peinte ?

Peut-être peuvent-ils même apercevoir l'intérieur quand quelqu'un entre, sort...

Elle est sur le trottoir, enfin débarrassée.

Elle se retient de traverser, de glisser sous le pont.

Juste un regard.

Ils sont là tous les trois.

Elle ne s'est jamais demandé de quoi ils vivaient.

On entend la voix de la femme, celle du jeune homme. Quelle langue parlent-ils ? Le vieil homme s'est détaché, revient près du brasero éteint, s'assoit.

Madame Lure laisse la scène se fixer. La rétine fait son travail. Elle déballera son butin à son retour. Elle sait qu'aucun détail ne manquera. La porte bleue était ouverte. Le rouge profond, chaud, d'un tapis, la saisit. Dans les plis lourds, cette chaleur. Elle en est envahie.

Quelque chose en elle s'en réjouit. Elle ne veut pas la perdre.

Elle se met à rechercher le rouge partout, pendant ses courses dans le grand magasin. Elle le guette dans la couleur des fruits, des légumes. Elle le guette sur les bouches des femmes. Ce n'est pas un jeu. La couleur dérobée est un butin précieux. Elle répare la perte de la forêt.

Le jeune homme lui a appris sans le savoir, et désormais elle dérobe, elle aussi. À sa façon. Elle dérobe des images.

C'est facile.

Personne ne se rend compte de rien.

Madame Lure a dans la tête un petit refrain qui rythme les rangées de fenêtres au-dessus d'elle, les nuages au-dessus des immeubles quand elle rentre.

Pas vu pas pris. Pas vu pas pris.

Elle appuie le talon un peu plus fort sur vu, sur pris.

Qu'est-ce qu'on voit ? Qu'est-ce qu'on prend ?

Qui nous voit ? Qui nous prend ?

Elle, elle voit. Elle, elle prend.

Et personne n'en sait rien.

Elle marche en cadence le long des rues et elle voit et elle prend. Les images lui appartiennent. Toutes. Toutes celles que sa rétine prend.

C'est le jeune homme qui lui a appris.

Monsieur Lure, lui aussi, voyait, prenait. Il voyait des signes sur du papier et il prenait les phrases, il prenait les histoires. Il voyait les images que les mots formaient pour lui et personne n'en savait rien. Il était enfermé dans son bureau.

Et elle, pendant tout ce temps, ne voyait rien, ne prenait rien.

Elle n'était occupée que de la distance exacte entre les choses. C'était sa tâche : veiller à l'équilibre de l'immobile. C'était ainsi. Peut-être même monsieur Lure ne l'avait-il épousée que pour cela ?

Madame Lure tient d'une main le filet à provisions. L'autre main est au fond de sa poche. Elle écarte les doigts très fort, les resserre. Sa main fait une bosse dans sa poche. Un poing. Puis elle la laisse se détendre à nouveau. Le bout des doigts caresse le tissu, le fil de la doublure rapetassé tout au fond.

Elle ferme les yeux.

Ses doigts caressent des images que personne ne voit.

Dans le grand magasin, elle fait ses courses comme d'habitude. Elle va dans les rayons, s'arrête aux mêmes endroits dans les rangées, emplit à demi la corbeille en plastique vert.

Il lui manque les grosses chaussures, le pull aux poignets distendus.

Tendre la main prendre une boîte, la glisser dans son filet à elle, elle voit l'image, la scène. Cela ne l'intéresse pas.

Ce sont les longs doigts fins qui ont pris sa mémoire.

Et c'est vivant. Le souvenir est vif. Vive, l'image qui la retient, debout, devant l'étal où l'autre main a fait son ouvrage. C'est avec cette image que madame Lure entretient le lien qui la dresse face aux étagères vidées pour un nouveau rayonnage.

La réalité ne tient pas.

Si on ne veille pas, chaque jour, à l'exacte distance entre chaque chose, on perd sa place.

La réalité n'est rien.

Rien. Rien.

Et madame Lure ne veille plus.

Les images sont vivantes. Mille fois plus vivantes que tout ce qui se prend, occupe sa place sous l'œil ou dans les mains.

Les images sécrètent des images. En abondance.

Les images n'ont besoin que de caresse pour vivre.

Et madame Lure sait maintenant.

La paume ouverte. L'image s'apprivoise avec la peau. Il suffit d'offrir la peau nue. Il ne faut pas avoir peur.

L'image s'arrime à chaque nouvelle parcelle offerte. L'image est une plante grimpante qui n'a aucun besoin de terre. Elle trouve sa vie au pied des gens, au pied des choses, dans les interstices laissés par la vie. L'image est tenace.

On la croit morte, elle respire. Rien n'y fait. Elle se nourrit de notre pas, de notre vue.

L'image multiplie le monde. Jusqu'où ?

C'est un vertige. Madame Lure a senti.

Il y a une sorte de bonheur à laisser le monde se peupler. De rien.

À la caisse, elle a entendu le patron, un grand jeune homme au sérieux sans âge, sermonner la caissière dont l'étiquette, sur la blouse, livre le prénom. Il faut veiller. Les vols sont trop fréquents. Et pas de vigile dans le magasin, la vieille clientèle n'apprécierait pas. Mais si aux caisses tout le monde ferme les yeux, alors…

Elle entend les paroles, sent la menace. Bientôt lui aussi parlera de « ceux des roulottes ». Elle pousse ses affaires sur le tapis roulant.

Il faut partir. Partir. Garder les images qui se pressent, fragmentées mais vives, derrière ses paupières.

Rentrer tout droit à la maison, ne parler à personne.

Retrouver la cuisine, la fenêtre, le ciel.

Madame Lure est une vieille dame qui se hâte le long des rues. On pourrait croire que quelqu'un l'attend.

Elle voudrait leur dire, à ces trois des roulottes, qu'ici, on ne leur souhaite pas de bien. Les Arnolle, le patron du magasin et tant d'autres.

Le cœur lui manque.

Elle n'a rien à dire. Elle ne sait pas dire.

Ils ne l'ont même pas remarquée.

Le livre qu'elle a déposé à l'orée du campement, l'ont-ils ramassé ? Peut-être jeté. Peut-être le vent.

Elle ne regarde pas de leur côté au passage, n'ose pas.

Madame Lure monte sans s'arrêter.

Elle s'efforce aux gestes habituels, sort les achats du filet à provisions. Elle les range en interdisant à toute image de venir.

S'en tenir à ce qu'elle voit. Un paquet coloré de jaune et de noir, à sa place, entre deux boîtes. Café. Voilà.

Ce qu'elle voit. Ce qu'elle touche. Et rien d'autre.

Faire barrière.

En rester là.

Ne pas partir là où dans sa tête, derrière les yeux, attendent les choses qui ne demandent qu'à vivre. Qui ne sont pas.

Madame Lure s'active sans hâte. Chaque geste doit retrouver son poids exact pour que ses pieds se remettent à la porter au rythme sûr qu'elle connaissait avant.

Est-ce qu'on peut retourner en arrière, pareil ?

Elle a peur.

Elle reprend éponge et chiffon.

Elle a peur.

Elle lutte contre quelque chose.

La poussière, on ne la voit pas.

Tant que rien ne fait empreinte sur elle, on ne la voit pas. Elle nappe les surfaces. Les bords s'adoucissent.

La poussière efface les lendemains.

Il suffit de lui laisser la place.

Tout est étrangement calme, ainsi recouvert, à peine.

Madame Lure pose sa main, doigts écartés, sur la table du salon, puis la soulève. L'empreinte apparaît, nette. Pourtant la poussière autour est invisible à l'œil.

Elle contemple sa paume.

Rien n'apparaît non plus. Qu'attendait-elle ?

Rien que les lignes embrouillées, si peu creusées, qu'une femme, elle se rappelle, a scrutées un jour. C'était dans le café, elle, si petite sur sa chaise, qui tenait bien serré son verre d'eau. Dans la fatigue du lever tôt et le brouhaha du marché, elle avait entendu la voix basse, lente, de la femme : « Toi, tu vivras longtemps. » Alors le rire de l'autre femme près d'elle. Maman. La bière qui entourait chacun de ses mots d'une mousse écœurante. « Eh ben elle s'occupera d'sa mère ! » L'odeur.

Non, elle ne s'était pas occupée de sa mère,

n'avait pas eu à le faire. Le rire de la femme près d'elle s'était arrêté bien trop tôt. Maman ? Maman ?

Madame Lure s'est occupée des choses. Voilà.

Elle vivra longtemps. Ah bon ?

Elle a repris son chiffon. Il faut se protéger. Le chiffon dans sa main fait une boule.

Elle vivra longtemps ? Elle pourrait retrouver le rire bref, cassé, de sa mère. Elle le connaît au fond de sa gorge. Mais non.

La poussière a fait son chemin sur ses lèvres. Elle ne sait pas sourire.

On vit pour qui ?

Quelque chose avait failli.

Madame Lure, dans la cuisine, soulève la pile des images de voyages qui prend toute la place au coin du buffet. Elle passe l'éponge, repose la pile bien époussetée, se tourne vers la table. Il faut se protéger.

Elle nettoie la toile cirée, consciencieusement.

Une tache résiste.

Sa main se soulève.

Pourquoi ?

La tache est là.

Elle passe l'éponge au plus près de ses bords, tout autour, n'y touche pas.

Elle n'a jamais regardé une tache.

Une tache s'efface.

Une tache n'existe que pour être effacée.

On n'en tient compte que pour qu'elle disparaisse. Une tache est éphémère, n'a lieu d'être qu'ainsi.

Elle la contemple.

Tout est si précis.

Elle passe lentement son doigt au-dessus des minuscules crêtes brunes. Un volcan éteint sur une île.

Une couleur. Un relief. On n'efface pas un continent d'un coup d'éponge.

Madame Lure contemple. Elle contemple la forme prise par la souillure, la trouve belle, comme la trace de sa main dans la poussière.

Pourquoi tout effacer encore ?

La tache est à sa droite quand elle s'assoit. Quelques grains de sucre peut-être, fondus dans le dépôt du café. Aujourd'hui ? Hier ? Ça n'a plus d'importance. La tache a arrêté son grand ménage. Pourquoi se protéger ? Étonnamment, la tache la rassure. Il y a quelque chose auprès d'elle. Elle peut rêver à nouveau. Et pourquoi s'en empêcher ?

C'est bon de ne plus lutter.

Elle a pris un magazine au hasard dans la pile, l'ouvre. Elle cherche un front contre lequel poser le sien.

Son regard se perd, revient à la tache, la contemple. Elle ferme les yeux.

C'est alors qu'elle entend le frôlement. Un bruit comme une nappe qu'on effleure de ses genoux. C'est furtif. C'est à la porte de chez elle.

Madame Lure se lève.

Elle traverse le salon. Elle est dans l'entrée. Elle ne s'occupe pas du judas aménagé du temps de monsieur Lure, elle ouvre la porte. De l'intérieur elle n'a même pas besoin d'un tour de clef.

Le livre est posé sur son paillasson.

Ah.

Le livre de monsieur Lure.

Sur le livre, il y a une pierre. Noire et blanche, petite, en forme de scarabée. Ce n'est pas un caillou de ville.

Elle se baisse. La pierre est dans une main, le livre dans l'autre.

Elle ne se relève pas tout de suite, dresse la tête lentement.

Alors elle le voit.

Il a à peine bougé. Un peu plus bas dans l'escalier.

Il l'attendait ?

Ah.

Le jeune homme a les yeux bruns. Elle ne les avait pas rencontrés. Un brun presque roux. Elle n'a pas pu éviter son regard. Assis sur une marche, il se relève lentement comme pour ne pas l'effrayer. Il se tient debout, un peu plus bas qu'elle, en silence. Il fait saluer longuement sa marionnette, tête inclinée.

Madame Lure est debout elle aussi maintenant, portant devant elle les deux choses.

Il tend sa main libre, désigne le livre de l'index. Elle reconnaît les longs doigts fins. Le jeune homme sourit comme pour s'excuser, en même temps soulève les épaules.

Elle ne comprend pas.

Il reste ainsi, planté, un moment puis se décide. Son bras est retombé. Il lui lance un regard et tourne le dos.

Alors madame Lure pousse sa main, le livre

au bout. Vers les marches. Vers la silhouette qui descend. Elle a l'impression d'avoir crié.

Il s'est arrêté, se retourne.

Madame Lure approche le livre de sa poitrine, fixe intensément la couverture de cuir, puis le regard toujours rivé à ce bloc de signes, de feuilles, elle pousse sa main à nouveau, offre. Elle dit des mots tout bas. Il faut qu'il comprenne.

Il incline la tête en signe de remerciement mais réitère le geste, les épaules qui se soulèvent. Un geste d'impuissance. Il désigne ses yeux, le livre. La tête fait non.

Il ne sait pas lire ? Il n'avait pas déchiffré le prénom de la caissière au grand magasin.

Peu importe.

Madame Lure le regarde. Il sait que c'est elle qui a déposé le livre au pied du campement. Il est monté jusqu'ici.

C'est beaucoup.

Alors elle fait ce que jamais elle n'aurait pu imaginer. Un geste ample du bras qui tient la pierre noire et blanche, un geste qui invite.

Les yeux bruns interrogent.

Elle ouvre large la porte de l'appartement.

Il a comme une hésitation puis sourit.

Il monte sans bruit les quelques marches qui les séparent.

Il entre derrière elle.

Sans se retourner, elle avance, va jusqu'au salon.

Dans sa tête, il n'y a plus rien. Rien. Juste quelques signaux : elle veille. Laisser ouverte la porte de l'entrée. Ce n'est pas le regard du jeune homme qui l'a avertie, ce sont ses pas, précis, précautionneux.

Les pas de quelqu'un qui ne sait pas franchir un seuil.

Ne rien fermer. Fermer, c'est enfermer.

Il continue à la suivre.

C'est à la cuisine qu'elle le mène.

Elle tire la chaise qui ne sert jamais, en face de la sienne, fait un petit signe. Le jeune homme s'assoit.

Madame Lure a pris une boîte sur son étagère. Surtout ne pas laisser le temps à des questions. Faire, faire et encore faire. Elle ouvre la boîte, lui présente, attend. Il fait dire Merci à la marionnette. C'est un Merci lent et bas. Merci au café que madame Lure prépare avec attention.

Elle peut regarder la marionnette, ne le regarde pas, lui.

Il a replié ses longues jambes sous la table, a posé la marionnette sur ses genoux.

Très vite, il sort un carnet de sa poche arrière, un minuscule crayon, dessine des choses sur une page, referme.

Quand madame Lure sort les tasses et le sucre, le carnet et le crayon sont à nouveau dans la poche du large pantalon. Le jeune homme s'est levé, lui a pris les tasses des mains sans même effleurer les siennes. Il sourit. Madame Lure ne sourit pas. Elle va, vient, fait les gestes.

Le livre et la pierre sont posés sur la toile cirée, près de la tache.

Ils se sont assis tous les deux.

Quelque chose peut avoir lieu.

Madame Lure boit le café. Il a exactement le goût qu'elle aime à cette heure de la journée.

Quelqu'un est assis en face d'elle.

Le jeune homme touche du bout de l'index sa propre poitrine. Il prononce lentement Var-gas. Vargas. Tout son visage semble interroger.

Madame Lure entend. Elle n'a pas envie de répéter déjà ce qui vient de résonner dans la cuisine. Elle écoute encore le nom, posé entre la pierre et le livre. Vargas. Puis, d'une voix sourde, elle dit Yvonne. Elle ne s'est jamais entendue prononcer son propre prénom ici. Sa voix prend sa place entre les murs de la cuisine, comme un objet nouveau déposé. Il y a toujours eu la table, la toile cirée, l'odeur du café. Maintenant il y a le livre, la pierre, sa voix.

Il répète Yvonne.

Comme monsieur Lure, il prononce la syllabe dernière, offrant ainsi au prénom un peu plus d'espace dans l'air.

Yvonne Lure regarde la pierre. Elle est belle. C'est un cadeau. Depuis combien de temps ne lui a-t-on pas fait de cadeau ?

Yvonne Lure ouvre alors le livre. Aucune idée n'a pris place dans sa tête. Elle ne réfléchit pas.

De cette voix qui est la sienne, un peu rauque, aussi peu remarquable que tout ce qui sert à faire la cuisine, à nourrir, elle se met à lire.

Le jeune homme ne bouge pas.

Il s'agit d'une histoire ancienne. Une histoire qu'Yvonne Lure déchiffre. Sa voix n'a pas de hâte. Elle porte un mot jusqu'à un autre mot. Elle ne choisit pas d'intonation. Elle ne choisit rien. Les mots sont écrits. Elle forme juste les sons qui les font exister dans l'air. Sa voix sert à ça.

Madame Lure n'a jamais lu pour elle.

C'est pour le jeune homme aux lourdes chaussures.

C'est pour la marionnette sur ses genoux.

C'est pour la femme qui chauffe ses jambes à la flamme le soir.

C'est pour le vieil homme qui secoue trop souvent la tête en préparant le feu.

Et pour combien d'autres ?

La voix d'Yvonne Lure fait sable dans la cuisine. Les mots sont des pierres blanches et noires reliées par quelque ancienne concrétion. Ils se couchent, forment un dessin. Cela veut dire quelque chose. Sans doute.

C'est le livre de monsieur Lure.

Yvonne Lure n'essaie pas d'entrer dans l'histoire. Elle relie les mots. Un à un. Juste cela. Les uns à distance respectueuse des autres. Elle a toujours su mesurer la juste distance entre les choses. Avec les mots, c'est pareil. Elle le découvre en le faisant.

Le jeune homme a baissé les yeux. La voix l'emmène. On le dirait absent mais il est là. C'est intense. À l'intérieur de lui, les sons. Comme une prière. Non, il ne comprend pas tous les mots lus par cette étrange vieille femme qui ne sourit pas. Non. Simplement il accepte que cette voix le ramène à quelque chose d'avant. Avant le voyage, avant les roulottes. Avant tout.

Le visage du jeune homme se livre à l'absence.

Du temps passe.

Le silence arrive. Aussi.

Madame Lure s'est arrêtée. Elle a resservi du café dans les tasses, s'est rassise.

Le silence prend sa place.

Ce n'est pas le même que celui qu'elle connaît, le silence d'elle toute seule. C'est un silence d'entre-deux. Autre. Précieux.

Elle le goûte.

Puis elle reprend sa lecture.

Y a-t-il un signe dans le ciel qui indique que quelque part, dans une ville, au milieu de tant et tant de gens, deux êtres sont en train de vivre quelque chose qui ne tient à rien, quelque chose de frêle comme un feu de fortune, un feu de palettes, de bouts de bois, quelque chose qui s'arrime à la voix d'une vieille dame, à l'écoute grave d'un jeune homme qui rêve loin ?

Est-ce pour cela que tant de gens se rencontrent ? Pour que de toute leur chaleur usée deux êtres fassent un feu ?

Du temps est passé.

Madame Lure s'est arrêtée.

Elle a posé le livre, a regardé le ciel.

Le jeune homme a attendu comme pour laisser ses yeux revenir lentement à l'espace de cette cuisine, à l'espace de cette femme.

Il a enfilé sa marionnette, lui a fait prendre la main de madame Lure, la porter jusqu'à sa bouche. Il l'a embrassée, a incliné la nuque.

Madame Lure a baissé la tête, en réponse.

Une fois dans sa vie, monsieur Lure avait embrassé sa main. Une fois. C'était juste avant de ne plus jamais le revoir.

On n'oublie pas.

Tout est-il fixé, pour toujours ?

Elle ne veut pas se souvenir.

Elle a reconduit le jeune homme jusqu'au seuil, jusqu'à la porte restée ouverte sur le palier.

Il a descendu les marches sans se retourner. Elle a attendu de ne plus entendre du tout son pas dans l'escalier. Alors elle a refermé doucement, donné un tour de clef.

Ouvrir et fermer la porte, ses mains jusqu'alors l'avaient fait, mais le temps n'existait pas. Il n'y avait rien d'autre que de l'espace à ouvrir, à fermer. Maintenant, il y a le temps de l'ouverture, le temps de la fermeture. Dans l'entrebâillement du bois et de la pierre du mur, c'est de la vie qui passe. Le geste est devenu précieux.

Madame Lure est retournée à la cuisine.

Le livre est près d'elle, sur la table.

C'est une présence.

Elle pose sur la couverture la main que le jeune homme a embrassée.

Dans sa tête, les mots d'une histoire qui n'est pas la sienne. Les mots du livre. Elle n'a pas regardé le nom de l'auteur, n'a pas de pensée pour lui. Il n'y a que les mots. Et à l'intérieur d'elle, ils cherchent une place. Où mettre les mots ? Où mettre l'histoire ? Est-ce qu'il y a un espace qui attend en chacun pour ce que d'autres ont inventé ?

Madame Lure approche d'un lieu qu'elle ne connaît pas. Monsieur Lure l'avait laissée ouverte, lui aussi, cette porte, si grande qu'elle ne s'est jamais refermée.

C'est le livre qu'il lisait quand il est mort qu'elle a dans la main.

Elle ne voulait plus y toucher. Jamais.

Rien ne sert de l'avoir déposé au pied de ceux qui traversent les espaces, ne cessent de les arpenter en tous sens. Non. Le livre est revenu. Il est ici, dans ses mains à elle. Jusqu'au bout ?

Elle a posé la pierre sur le livre.

Ainsi jusqu'au retour de Vargas.

Elle n'ose pas prononcer le nom à voix haute. C'est à l'intérieur d'elle. Voilà. Elle continuera la lecture quand Vargas reviendra. Il reviendra.

Elle a lavé les tasses, les a rangées.

Trop de choses en elle qui cherchent à trouver place. Il faut partir.

Elle a ouvert le catalogue de voyages.

C'est un buffle qui lui offre son regard lointain, son front solide. Elle pose le sien contre. Elle entend les bruits. Le souffle du buffle contre sa peau. Elle n'a plus d'âge. Les sabots du buffle piétinent. Des feuilles vertes, charnues, lourdes. Des feuilles qu'aucun vent ne soulève. Juste leur présence, là, contre son visage, ses cheveux. Elles ont un parfum. Jamais madame Lure n'avait senti avec une telle précision les feuilles des arbres. Des troncs épais sourd une odeur sèche, un peu âcre. Le pelage du buffle est si rêche qu'on dirait de l'écorce.

La main de madame Lure passe des arbres au col du buffle.

Les mots de l'histoire dans le livre ont creusé un chemin pour tout ce que la photographie ne montre pas.

Les mots de l'histoire ne s'installent pas. Non. Madame Lure ne veut pas. Mais ils soufflent. Si fort. Ils arrachent tout. Une excavation. La vie de la photographie se nourrit de toute la place creusée. L'excavation rend fertile.

Il y a des mondes.

Il y a un monde pour elle ?

Le soir peut venir. Le temps peut passer. L'obscurité peut tout envelopper. Madame Lure est caressée par des branches qu'elle écarte juste assez pour passer.

Elle marche auprès du buffle et n'a pas peur.

Comme lui, elle a un monde sous le front.

Cette nuit-là, elle n'est pas allée dans la chambre. L'espace de la cuisine lui a suffi pour accueillir le sommeil. Elle est restée assise dans le souffle chaud de la forêt. Dans le souffle du buffle, de Vargas.

Elle n'a jamais eu d'enfant.

La tête posée sur ses bras repliés elle s'est endormie.

Vargas n'a pas parlé d'elle au campement. Il a gardé pour lui le livre, la voix, Yvonne. Ce soir-là, il a dessiné auprès du feu. Longtemps.

Cestia, sa tante, chante sur un ton grave, un peu triste, de vieilles ballades dans leur langue. Quand cela lui arrive, elle perd son air moqueur, ses yeux sont comme voilés, plus sombres. Cette nuit, elle restera avec eux. Elle n'ira avec aucun homme. Elle ne fera pas payer à l'obscur de la ville son tribut à l'errance de ses pas. Vargas écoute. Les paroles disent toujours des pays perdus, des terres lointaines où l'on ne reviendra sans doute jamais.

C'est leur langue.

C'est leurs chants.

Il faut toujours partir et partir encore. Plus loin. Ailleurs. Il faut savoir tout abandonner, au matin, d'un ciel, d'un paysage, et s'en aller vers d'autres lieux et apprendre à nouveau au regard à creuser dans les vallées, les collines, les montagnes, creuser pour que dans les images nouvelles ils arrêtent les roulottes, arrêtent leurs corps, s'assoient une fois de plus, s'habituent. Pas trop.

Vargas connaît ses chants par cœur. En silence il accompagne Cestia d'une voix qu'il garde au secret de sa poitrine.

Le vieux aurait voulu qu'il apprenne un instrument. Il lui avait offert une mandoline pour ses treize ans mais elle était restée dans la roulotte. Vargas n'avait pas de voix à faire sortir du bois doux et des cordes. Pas plus qu'il n'en avait à faire entendre dans le chant.

Le vieux avait un jour laissé la mandoline en cadeau à un homme qui avait dépanné les roulottes et qui savait en jouer. Un homme qui, lui, vivait sur une péniche. Toute la soirée l'homme avait joué en remerciement. Le vieux souriait. Il aimait entendre l'instrument. Son fils, le père de Vargas, frère aîné de Cestia, était un grand joueur de mandoline et de tant d'autres instruments qu'on n'en savait pas le compte exact. Dès qu'il avait de quoi faire de la musique entre les mains, il en faisait. C'était ainsi depuis qu'il était petit et le vieux se souvenait du temps où il accompagnait les chants de Cestia.

Maintenant quand Cestia chante, le vieux ne veut plus écouter. Il va se coucher.

Ce soir, il est resté plus longtemps que d'habitude. Il continue son ouvrage, une sorte de boîte qu'il fabrique depuis des jours, sans un mot.

Par moments, Cestia penche la tête, cela lui donne l'air encore plus triste.

Vargas lui caresse les cheveux avant de regagner la roulotte. C'est lui ce soir qui quitte les autres le premier.

Il dort dans la roulotte du vieux. Sur le plancher à larges lattes brunes. Il déroule le tapis rouge sombre, usé, aux dessins compliqués. Il a toujours dormi sur ce tapis. Il s'allonge, les mains sous la nuque.

Cette nuit qui arrive est une nuit différente.

Leur histoire à tous les trois est comme les dessins du tapis, tissée et peu commune.

Vargas tend le bras. Il prend le carnet posé près de sa tête. Il feuillette page par page depuis le début. Avant la fin, avant la page d'Yvonne, il referme le carnet, baisse les paupières.

Quand le vieux vient prendre sa place dans le lit, au-dessus de lui, il a l'air endormi.

Souvent, quand le vieux dort, Vargas a les yeux grands ouverts. Il regarde le ciel loin par la petite lucarne sans rideau de la roulotte.

Souvent, sa poitrine se soulève. Il soupire. Il ne sait pas qui est le plus vieux des deux, eux que le sommeil ne visite pas de façon égale.

C'est toujours celui qui se souvient qui vieillit le plus vite.

L'âge n'est rien.

Alors Vargas trace des dessins dans son carnet. Des carnets, il en a. Beaucoup maintenant. Et c'est pour eux que le vieux fabrique la boîte. Il le sait. Le vieux a besoin d'une boîte pour tous ces dessins. Le vieux craint que si on ne les enferme pas, ils prennent tout l'air qu'on respire.

Vargas sourit.

Lui ne veut pas de boîtes pour ses carnets.

S'il laisse faire c'est parce qu'il a appris que tant qu'on fait on a moins peur.

Lui, il veille.

Il veille sur la nuit qui repose le vieux.

Il veille sur l'obscur qui repose peut-être Cestia de ses chants et de sa peine, cette peine qu'elle ne dit jamais.

Il veille sur ce qui, noir et transparent, enveloppe Yvonne.

Cette femme est la première du monde de ceux qui demeurent dans les maisons à lui avoir fait un cadeau. Et ce sont des signes. Il ne les déchiffre pas. Ce sont les signes écrits des gens d'ici. Il n'a jamais voulu apprendre leur langue. Il ne connaît que la langue de sa mère pour lire. Et peu importe. Il a entendu la voix de la vieille dame. Les voix, il les comprend très bien.

Le soir où elle avait déposé le livre sur le sol, il avait observé par la petite lucarne sans rideau. Il avait pris garde de ne pas interrompre le sommeil du vieux. C'était un soir où ils avaient tous quitté le brasero très vite. La nuit n'était pas encore là.

La femme s'était penchée, comme les vieilles qu'on voit par la porte ouverte des églises, parfois, dans les pays. Elle était restée agenouillée, un peu, puis elle était repartie.

Il avait vu l'objet et n'était pas sorti tout de suite pour l'emporter.

Il fallait laisser la nuit faire son ouvrage. La nuit prend ce qu'elle a à prendre.

Si au matin l'objet avait disparu, c'est qu'il n'était pas pour lui. Mais quelque chose au fond de lui savait que c'était lui qui se pencherait le premier, prendrait entre ses mains cette chose-là. C'était lui qui avait vu cette femme, lui qui l'avait observée, lui à qui jamais personne de ce monde qui ne roule pas n'avait fait de cadeau. Personne.

Cette nuit-là aussi, il avait veillé et, au matin, il s'était approché de la lisière. Il s'était baissé. Il avait pris l'objet doucement. C'était un livre. Et il savait que, sur ce livre, il n'y avait eu que l'air de la nuit. La nuit seule entre les mains de la vieille femme et ses mains à lui.

Vargas avait souri.

Il avait caché le livre dans son tapis enroulé tout le jour sur un bord du plancher. Il n'en avait parlé ni au vieux ni à Cestia.

Il ne voulait rien entre lui et le livre. Il le ressortait à la nuit, quand le vieux dormait.

Il avait même essayé de déchiffrer les nouveaux signes. Parce que c'était un cadeau. Mais quelque chose s'arrêtait dans sa tête. La langue écrite restait inconnue. Comme elle lui restait inconnue sur les affiches, les enseignes.

Vargas avait pénétré les secrets de bien des pays traversés en s'accrochant simplement à la bouche des gens. La façon dont ils formaient les sons l'avait toujours renseigné depuis qu'il était un très petit garçon. Il était passé maître dans l'art d'apprendre vite et bien toutes les langues. C'est lui qui écoutait et comprenait pour les autres. Mais son savoir s'arrêtait aux paroles.

Les langues d'ailleurs et d'ici, ses oreilles les entendaient, sa bouche les parlait, juste ce qu'il faut, mais ses yeux n'en voulaient pas. Il ne lisait pas. Il n'écrivait pas. Il dessinait.

Il avait toujours dessiné depuis qu'ils avaient quitté sa mère.

Sa mère était grande.

C'était tout ce qu'il se rappelait. C'était la femme du musicien, le fils du vieux. Le musicien était mort quand Vargas n'était encore qu'un bébé.

Sa mère avait choisi un jour de se remarier.

Dans un village. À un paysan. Pas avec quelqu'un de chez eux.

Le vieux avait craché par terre devant elle.

Vargas se rappelle que le vieux l'avait soulevé, lui, de terre, l'avait regardé droit dans les yeux, avait pleuré.

Il avait à peine trois ans. Les larmes du vieux, il ne les avait jamais oubliées.

Le vieux avait fait un signe dans l'air en se retournant. Un grand signe qui s'achevait par un trait, l'index pointé au sol. Une frontière.

Puis il avait posé Vargas, l'avait pris par la main.

C'était fini.

Ils étaient partis tous les deux de l'autre côté du trait.

Vargas n'avait jamais revu sa mère.

On n'avait plus jamais parlé d'elle.

Le vieux, Vargas avec lui, et Cestia qui ne le quittait jamais, s'étaient séparés des autres du groupe. Ils avaient fait route à trois.

Le vieux avait brûlé la roulotte du musicien sur la place du village. C'était dans cette roulotte que Vargas vivait tout seul avec sa mère jusqu'à ce jour.

Vargas se rappelle l'odeur de ce qui brûle.

Il se demande encore parfois s'il a vu le visage d'une femme vraiment à la lucarne de la roulotte la nuit de leur départ. Ou si c'était en rêve. Il y a si longtemps.

Couché, les yeux grands ouverts, il n'avait pas osé bouger.

L'aurait-elle emporté s'il s'était levé ?

L'aurait-elle pris dans ses bras et emporté ?

L'envie de retourner dans le village l'avait taraudé pendant des années. Il n'en parlait pas. Il se passionnait pour les cartes de routes, les plans de villes. Il les reproduisait comme si au détour d'un trait, d'une ligne pouvaient avoir lieu les retrouvailles. Peu à peu il avait perdu le visage de sa mère.

Restait le dessin. Il s'était mis à remplir des feuilles puis des carnets.

Il n'était jamais allé s'asseoir sur les chaises d'école.

Le vieux n'avait pas voulu.

Le vieux l'avait gardé. Il disait qu'il voulait lui tenir la tête propre. Loin de tout. Loin des villages qui vous prennent les jeunes femmes et en font des paysannes.

Les écoles appartiennent aux villages.

Vargas n'avait pas connu la compagnie des autres enfants.

La solitude fait partie de lui. Il ne la nomme pas. Et même s'il n'a pas de lieu où dormir sans qu'une autre respiration joue à côté de la sienne, il sait qu'il est seul.

Comme Cestia.

Comme le vieux.

Rien n'y fait.

Cette nuit, Vargas mesure sa solitude à l'aune de celle de cette vieille femme de l'autre côté du boulevard.

Cette nuit les souvenirs prennent la place.

C'est le livre offert. C'est la voix dans la cuisine.

À l'intérieur de lui les sons les impressions lointaines s'agrippent à chaque parcelle vive. Il connaît le lent chemin de la mémoire.

Il se rappelle.

Au début, il avait fait comme s'il savait lire dans le vieux livre de sa mère. Elle l'avait oublié au creux du tapis ou elle l'avait laissé exprès ? Pour lui ?

C'était un livre qu'elle lui lisait, à voix basse, dans la roulotte du musicien. Il aimait le secret de ces moments où ils n'étaient que tous les deux, sur la laine rêche aux mille couleurs. Il perdait son regard dans les motifs encore vifs alors du tissage. Il se donnait tout entier à la voix qui lisait, s'abandonnait aux intonations lentes et graves. Il était heureux.

L'histoire de ce livre, il la connaissait par cœur.

Il pouvait se la raconter tout seul.

Il y avait une fillette et son petit frère qui vivaient dans une maison très jolie, avec un père, une mère et une grande chambre où ils rangeaient tous leurs jouets. Ils avaient l'air heureux.

Vargas s'en enchantait.

Il ne les enviait pas.

Il contemplait leur monde comme un autre monde. Celui des maisons qui ne bougent pas et des jouets qu'on range. Lui n'avait pas de jouets aux couleurs luisantes à ranger. L'idée lui paraissait étonnante. C'était ailleurs.

Pourtant jouer, il savait.

De tout. De rien.

Le vieux le pourvoyait : des carrés de bois qui, montés d'une certaine façon, roulaient ; des balles de cuir cousu qui ne rebondissaient pas mais épousaient la forme de la paume ; des branches d'arbres taillées qui pouvaient devenir lances, épées, piquets de tente et tant d'autres choses à son gré.

Non, il n'enviait pas les jouets de Bob et Line.

Mais il passait des heures à contempler ce monde qui ne roulait jamais. Et peu à peu, il était entré dans l'histoire. Il était avec les deux enfants qui ramenaient un chien abandonné chez eux, lui construisaient une niche.

Même le chien avait sa maison, avec un toit pointu. Sur une image, Bob avait des clous plein la bouche.

Vargas restait longtemps devant cette image. Il aurait aimé avoir des clous dans la bouche.

Quand le vieux le surprenait, le livre à la main, il détournait la tête. Entre ses deux épaules, la colère. Ce n'étaient pas de bonnes histoires pour un enfant comme lui. Vargas avait compris. Il regardait en cachette les images et se racontait l'histoire. Les mots lus par sa mère, il avait appris à les retrouver sur les pages. Il avait appris à lire tout seul dans la langue de sa mère. C'était la seule.

Un jour, le vieux lui avait fabriqué un drôle de jouet. Au bout d'un bâton cette fois, il avait fixé une boule de bois. Adroitement, il avait ajusté un tissu brun en forme de cape. C'étaient les restes d'une couverture usée que Vargas avait reconnue. Cestia avait cousu sur la cape, de chaque côté, cinq petits rouleaux de laine qui figuraient des doigts. Vargas était resté tout le jour avec cet objet de bois, de tissu et de laine. Nouveau. Tout le jour il n'avait pas osé toucher à l'assemblage étrange. Le vieux avait dessiné sur le bois des yeux noirs et une moustache. Il avait tracé aussi les bords d'un chapeau ourlé d'un liséré rouge. Vargas avait contemplé. Mais ses mains ne pouvaient pas s'en approcher.

Son regard s'était arrimé aux yeux noirs. Tout le jour.

Au soir, l'objet était devenu une personne.

Dans la tête de Vargas, un nom était venu. Monsieur Oro était entré dans sa vie.

Monsieur Oro avait dormi auprès de lui, sur son tapis déroulé.

Au matin, monsieur Oro avait dit d'une voix rauque qu'il avait bien dormi pour sa première nuit là et qu'il avait faim. Il était convenu sans qu'il soit besoin de parole que jamais Vargas ne lui demanderait où il dormait avant.

Le vieux avait souri.

Cestia avait préparé le café et posé une tasse supplémentaire pour monsieur Oro.

Vargas avait fait boire et parler encore monsieur Oro.

Au fil du temps, la marionnette avait pris de l'importance. Il faisait des conversations entières avec monsieur Oro, sur tout ce qu'il voyait. Il lui confiait aussi ses chagrins et les questions qu'il n'osait pas poser.

Il ne s'en séparait jamais.

Il avait appris à lui redonner le noir pour les yeux et la moustache, le rouge pour le liséré du chapeau.

Il accompagnait toujours Vargas quand il quittait le campement. Sauf depuis qu'il sortait la nuit, seul. Mais il le prenait toujours avec autant de précaution que lorsqu'il était enfant et ne le reposait jamais sans avoir posé un baiser sur son front.

Il disait tout bas Au revoir, monsieur Oro. Et il filait.

Cette nuit, monsieur Oro partage avec lui un nouveau secret. Ce n'est pas une nuit d'errance ordinaire. Monsieur Oro l'accompagne dans la mémoire. Il l'a gardé auprès de lui. Monsieur Oro a vu Yvonne, il l'a entendue, il a pris sa main.

Dans l'obscurité Vargas caresse la vieille cape de monsieur Oro.

Il aime le contact toujours un peu rêche du tissu malgré l'usure.

Vargas a toujours aimé se pencher à la nuit, sur les tissus que, dans les maisons, on ne veut plus. Ses yeux exercés découvrent vite. Ses doigts agiles prennent. Les vêtements, une fois jetés, retrouvent vie pour lui. Quand il n'est plus utile, un vêtement est à nouveau laine ou soie, coton. On oublie qu'il servait juste à protéger du froid, de la nudité.

Parce qu'il ne sert plus à rien.

Les choses, quand elles perdent l'utilité, gardent l'empreinte.

Vargas aime rêver, la nuit, dans les rues, un vêtement à la main.

Il peut reconstruire entièrement une maison autour d'une écharpe, un gilet. Il voit l'ombre ou la lumière qui baignait les pièces. Il sent le bruit ou le silence qui entourait chaque chose. Il sait si on a été heureux ou pas.

Il peut marcher des heures, ainsi, et rêver les autres vies, quand tout le monde dort.

Parfois le lien mystérieux avec la peau que le tissu a touchée est encore présent.

Ça, Vargas le sent tout de suite. Une odeur et plus qu'une odeur. Si c'est trop fort, il faut vite le reposer. Trop de présence empêche le rêve.

Il ne peut trouver de lien qu'avec ce qui est délaissé depuis longtemps.

Il a appris à affiner sa quête avec les années.

Maintenant il sait que la vieille femme aux courts cheveux gris qui habite là-haut, en face du campement, rêve, elle aussi. Comme lui.

Mais elle, elle rêve immobile.

Plus près du ciel que lui dans sa roulotte.

C'est drôle de vivre suspendu.

Il avait toujours pensé qu'une maison c'était lié au sol, bien ancré dans la terre. Il a découvert une maison en l'air.

Elle, ça lui va bien.

C'est une femme qui marche tout droit devant elle entre terre et ciel. Il la voit ainsi. Il sait qu'elle s'installe devant la fenêtre comme au bout d'un navire. Qu'elle contemple.

L'horizon ne choisit pas où il fait ligne dans le regard.

Maintenant il connaît sa voix, sa cuisine et le goût de son café. C'est beaucoup. Elle s'appelle Yvonne.

Eh bien il va dessiner Yvonne. Encore et encore.

Dessiner c'est un moment de lien avec ceux du monde qui ne roule pas. Drôle de lien. Il faut saisir du monde juste ce qu'il veut bien donner aux yeux.

Une image faite de ses mains. Imparfaite. Qui ne lui dit jamais le monde tel qu'il est au moment précis où il le contemple. Qui lui dit juste ce que lui est ce jour-là, devant le monde. C'est cela qu'il recherche après, quand il feuillette les carnets.

Vargas a toujours eu peur de ne plus se souvenir.

Dans la nuit, il vient de se lever sans bruit. Il ne réveille pas le vieux. Il a appris. Il lève la tête vers les fenêtres d'Yvonne. Il ne sait pas qu'elle dort, sur ses coudes repliés, dans la cuisine même où il était assis.

Il a embrassé monsieur Oro.

Il marche dans la ville, s'arrête parfois et, debout, appuyé contre une vitrine, face à la chaussée vide, il dessine cette femme dans son carnet.

Il n'y a personne sur les trottoirs, personne non plus derrière les rideaux tirés. Vargas se sent étrangement bien cette nuit dans la ville.

Il se sent accompagné.

Pour cette vieille femme, il a sorti de sa mémoire les tissus qui l'ont le mieux fait rêver. Des laines, des velours. Ce sont ces choses touchées, laissées par d'autres, qui animent ses doigts. En sentant à nouveau la texture des tissus, il trouve le grain épais ou ténu des traits. C'est son secret. L'alchimie de sa mémoire et du monde.

Une fois l'épaisseur juste du trait trouvée, il lui faut la couleur.

Vargas veut aller jusqu'au fleuve. C'est en pensant à l'eau du fleuve qu'il sait.

Pour Yvonne il faut le gris. Sa part de gris, c'est le fleuve qui lui donne. C'est sa clef d'Yvonne, sa musique. Il en est sûr. S'il veut la dessiner juste, il faut qu'il trouve son gris.

Il revoit la vieille dame dans sa cuisine, préparant les tasses, la cafetière.

Yvonne, c'est le gris de la peau des éléphants. Une ombre plus qu'une couleur. Dans ce gris-là, le ciel se reflète et s'absorbe, comme toutes les couleurs. Il a vu ses brochures de voyages au coin du buffet. Le vert lisse des feuilles, le rouge piquant des becs et ces teintes vives, folles, des plumes. Toutes les couleurs dans la peau de l'éléphant. Au secret.

Vargas reprend sa marche dans les rues.

Il est toujours à sa place d'errant. Mais pour la première fois, un lien s'est tissé avec quelqu'un de la ville. Son regard sur les pierres des murs est différent parce que Yvonne aussi y a peut-être posé le sien.

Est-ce que c'est cela habiter un lieu ? Est-ce que c'est sentir, où qu'on aille, que les autres nous accompagnent aussi de leurs passages innombrables ? Est-ce qu'il faut ces empreintes réitérées pour que les lieux soient vivants ? Lui, il avait toujours été attiré par les terrains vagues.

Est-ce que c'est dans les villes qu'on apprend à être semblable ?

Vargas avance. Toutes les questions jaillissent enfin de façon claire en lui. Pour la première fois, il a l'impression qu'il tient le bout de l'écheveau pour dévider les réponses.

Il s'agit d'Yvonne.

Il a dépassé le grand magasin.

Yvonne, c'est aussi les nuances humbles de la ville. Le gris des nuages et les teintes atones des crépis délaissés qu'il aime toucher du bout des doigts, le gris qui reste au fond du vert laborieux des légumes au grand magasin, au fond du rouge aux lèvres closes des femmes qui déambulent, qu'il a croisées parfois, tenues dans ses bras, jamais aimées.

Il se dit que cette femme n'a jamais rien esquivé. Depuis toujours, rien esquivé.

Auprès d'elle, il a senti le monde, ni hostile ni loin. En Yvonne, le monde est là, à portée de main. Si le regard veut bien dévoiler le gris, aller jusqu'à la vie enfouie, qui respire sans hâte, sous la peau.

Une poussière très douce pour la caresse de son regard.

Il trouve la couleur, dessine.

Au centre de son corps, il cherche. Il manque quelque chose. Il ne trouve pas.

Une ceinture ?

Il regarde longuement son dessin.

Jamais aucun homme n'a pris sa taille avidement entre ses mains. Cela se voit. Yvonne a grandi, a vieilli. Elle n'a pas été désirée par un homme, comme il est arrivé à Vargas de désirer des femmes de rencontre. Avec l'élan si fort qu'il peut tuer le monde et qui laisse vide, pas libre, juste vide, et prêt à recommencer un autre jour, une autre fois, une autre femme. Non, elle ne sait pas, n'a jamais connu.

Autour de la taille, il faut une brume que rien n'efface. C'est cela. Pas de trace autour de sa taille. On ne peut pas dessiner la taille de cette femme-là parce qu'elle n'a pas été encerclée par les mains des hommes. C'est à cela que se mesure la taille d'une femme. Elle, non.

Pas de mesure.

Vierge de rien.

Pour porter le monde tout entier en elle ? Sans retenue.

Alors la brume.

Pourquoi a-t-il autant besoin de cette étrange vieille femme ?

La nuit précédente, il a fait un rêve. C'est pour cela qu'il lui a apporté la pierre. À cause du rêve.

Un jardin qu'il n'avait jamais vu nulle part.

Eux trois, avec le vieux et Cestia, ne connaissent pas les espaces où poussent des plantes, des fleurs que les mêmes mains soignent, que les mêmes yeux attentifs surveillent et contemplent, au fil des jours.

Eux, ils ne connaissent que l'herbe, les fleurs, les plantes, les arbres qui poussent à l'air et l'eau du ciel.

Eh bien, il a rêvé de cela qu'il ne connaît pas : un jardin. Et le jardin était clos de murs. Aucune porte. Aucun accès. Comment pénétrer.

Pourtant, les fleurs étaient soigneusement assemblées, les couleurs harmonieusement choisies. Ce n'était pas un jardin de hasard.

Des massifs, des allées étroites. C'était un lieu où on aurait voulu rester, longtemps, à regarder croître et décroître la lumière. La paix vivante. Vargas l'avait sentie dans chaque fibre de son corps. La paix vivante était encore là alors qu'il était éveillé depuis longtemps. Elle ne le quittait plus.

Mais qui pouvait cultiver ce jardin dans le rêve ?

Aucune maison.

Au-delà du mur de pierres, Vargas ne savait pas ce qui se trouvait, n'en avait aucune idée, aucune représentation. Son imagination n'y allait pas.

Le jardin suffisait.

Au matin, il avait pensé à des jardiniers invisibles.

C'est alors qu'il avait décidé de monter voir cette femme aux courts cheveux gris, là-haut. De lui apporter la pierre qu'il garde depuis qu'il est petit. Une pierre ramassée sur la place du village où a brûlé la roulotte. Il voulait remettre dans ses mains le livre qu'il ne peut pas lire et qu'il se passe quelque chose.

Et elle avait fait ce que plus personne n'avait fait pour lui depuis sa mère. Elle lui avait lu l'histoire.

Le jardin, ce ne pouvait être qu'à elle qu'il le devait.

Il y a dans le monde des jardiniers invisibles qui cultivent les rêves des autres. C'est ce que se dit Vargas en marchant.

Il est maintenant devant le fleuve. Il laisse son regard se perdre dans l'eau sombre.

Yvonne est un jardinier invisible.

Nourrie de ces images de fleurs largement épanouies, de cette végétation charnue, pleine, elle ne garde rien pour elle. La nuit, elle dort et toutes les couleurs s'échappent d'elle, vont faire vibrer les rêves des autres dans la ville. Mais les couleurs sont adoucies.

Est-ce à ça aussi que servent les villes ? se demande Vargas. Est-ce que les villes sont des lieux qui vibrent de ce qui se passe sous la peau de chacun, que chacun nourrit, sans le savoir, à sa façon ? Ceux qui nourrissent les rêves doivent être rares. Yvonne est une de ces rares personnes.

Il veut aller dans d'autres villes. Il veut voir le monde. À sa façon. Sans le vieux ni Cestia.

Il contemple son dessin.

Il se dit qu'eux trois ne nourrissent rien ni personne. Ils sont des errants.

Les errants servent à montrer l'errance.

L'errance sert à quoi ?

Est-ce qu'elle ne sert pas juste à prouver au monde qu'aucune route ne mène ?

Les routes n'existent que pour qu'on les parcoure.

Il le sait.

Il l'a vécu.

Assez.

Eux trois, ils n'ont pas l'habitude de compter le temps. Mais lui, Vargas, aujourd'hui, sait qu'ils ne se sont jamais arrêtés aussi longtemps. Il le sait à l'hostilité diffuse qu'il sent monter autour d'eux. L'hostilité de ceux qui ne bougent pas et les regardent en se demandant Vont-ils rester ? Veulent-ils rester ?

Des errants qui s'arrêtent, cela bouleverse l'ordre des choses.

Il le sait, ils font lever dans les cœurs la mauvaise pâte. Toutes les vieilles peurs. Yvonne, elle, n'a pas de peur. Elle n'a pas de place pour ça en elle. Pourtant elle l'a vu dans le grand magasin. Il le sait.

Voleur.

De quoi ? Du chocolat ? Non. Vargas secoue la tête. Pour tous ceux qui ne bougent pas, les errants sont les voleurs de tout ce qui est à voler. Tout. Le volable, le volatilisable. Soudain, les objets les plus habituels, ceux qu'on ne regarde plus, prennent une valeur inestimable : celle de pouvoir disparaître.

C'est à cela qu'ils servent, eux ? À faire peur ?

Oui, tout peut être volé.

Et alors ?

Yvonne, elle, le sait, du fond de sa cuisine, on

ne devrait jamais craindre d'être volé. N'est volé que ce qu'on a. Le pire, au fond de nous, c'est ce qu'on n'a pas. C'est le manque. Et personne ne nous le volera jamais. Personne ne peut voler le manque. Personne. Quel dommage !

Vargas a un rire amer. Il s'est assis face à l'eau du fleuve.

Les errants éveillent la place vide mais ne voleront jamais le manque. Voilà.

Et eux, on aura beau les chasser de place en place, le manque restera.

C'est bien pour cela qu'on ne les aime pas. Ils ne servent qu'à faire vibrer le manque. Ils le réveillent, l'aiguisent. Alors que tous préfèrent l'ignorer encore et encore.

C'est à cela que sert l'errance ?

Il s'est déchaussé.

Du bout du pied, il peut atteindre l'eau. Il trace des lignes que lui-même ne peut distinguer.

Dans l'espace où vit cette femme, il a senti qu'on avait accepté depuis longtemps qu'il n'y ait rien. Rien pour combler le manque. Est-ce qu'elle a pris soin du vide toute sa vie ?

Elle ne pose pas de question.

Elle n'attend rien.

Quelle est son espérance ? Parce qu'il en faut bien une, pour continuer jour après jour, l'histoire de vivre.

Il décide qu'il la reverra.

Autant de fois qu'il faudra.

Elle lui apprendra. Il faut bien que quelqu'un lui apprenne.

Vargas s'est endormi là, au bord du fleuve. Quand la lumière du matin le réveille, la première chose qu'il voit est son dessin. Il l'a tenu à la main toute la nuit.

Alors commence pour eux deux une étrange histoire. Timidement, ils se rencontrent. Jamais ils ne se disent quand. Mais c'est toujours au même endroit. Celui de la première lecture. La cuisine d'Yvonne.

Vargas ne connaît pas la régularité.

Il vient à son heure.

L'heure de celui qui est attendu est toujours bonne. Inscrite sur le cadran d'aucune horloge, elle convient.

Il surprend Yvonne.

C'est une sensation qu'elle ne connaissait pas.

La seule surprise de toute sa vie, elle l'avait connue quand monsieur Lure lui avait proposé, à son étrange et abrupte façon, de l'épouser. Le bouleversement l'avait arrachée à elle-même.

La surprise de découvrir Vargas qui l'attend parfois sur le palier est douce.

Se dévoile en elle un espace qui se réjouit de ne pas savoir. Une part d'elle qui consent à rester dispose, ouverte à la venue du jeune homme.

Il faut imaginer ces terres que la mer ne recouvre plus et qui, fertiles, se donnent au vent, aux ciels changeants. Il faut des années qu'aucune horloge ne compte pour que cela ait lieu.

La part ouverte pour les visites de Vargas prend place peu à peu. Yvonne découvre qu'elle peut espérer la venue de quelqu'un et que cela n'empêche pas de vivre. Bien au contraire.

Avec monsieur Lure elle avait trouvé la sécurité de qui « est sorti du trou », s'y était tenue.

Avec Vargas c'est autre chose qui arrive. Elle s'aventure.

Elle ne sait jamais combien de temps dureront leurs rencontres. Parfois elles sont très brèves. Le temps de quelques lignes lues, du café bu, quelle que soit l'heure. Parfois au contraire, Vargas semble installé pour toujours. Ce sont les moments où il dessine. Elle regarde ses doigts fins animer la feuille de papier blanche. Alors seulement, elle le prend tout entier dans son regard. Lui tout seul. Elle le berce dans son regard. Doucement. Il est là. Elle ose.

Entre eux deux, un lien subtil qui se tisse de rencontre en rencontre.

Une confiance.

Il arrive à Yvonne de rester dehors plus longtemps maintenant. Sans raison. Elle s'enhardit, pousse plus loin que le grand magasin, refait le périple qu'elle avait suivi, derrière Vargas, le jour de leur rencontre.

Savait-il qu'elle était là, derrière, son panier au bras, entraînée par quelque chose qu'elle ignorait au fond d'elle, qu'il révélait brusquement ?

Elle voit autrement.

Elle distingue la lumière qui paraît prête, par moments, à prendre tout le ciel, intense, entre les nuages, puis qui se réserve, comme retenue par on ne sait quelle force. Elle voit que ce jeu de la lumière, tantôt vive, tantôt ténue, presque faible, anime le ciel et chaque chose sous le ciel. Les toits et les façades des immeubles, les branches des arbres, l'eau du fleuve, le visage des gens qui passent. Certains plissent les paupières ; d'autres croisent la lumière du regard comme si elle n'existait pas.

Yvonne voit tout, s'emplit de tout. Elle marche les mains libres au fond des poches de son imperméable.

Pour ces promenades-là, elle ne prend plus de sac à main. Plus de papiers ni d'argent. Juste sa clef dans sa poche droite. La clef de chez elle. Elle la touche du bout des doigts.

La clef de son logis.

Un mot qu'elle a découvert dans le livre qu'elle lit à Vargas. Un mot qu'elle aime prononcer. Elle l'entend à l'intérieur d'elle qui se dit, se répète, trouve sa place comme fait le corps de celui qui s'endort dans un lit inconnu. Elle l'accueille. Mieux que maison, elle a un logis. Logis est son chez elle.

Elle retrouve dans ses jambes cette légèreté qui lui permettait d'œuvrer sans relâche à ranger le logis des autres.

Est-ce cela que monsieur Lure a aimé chez elle ?

Elle n'a jamais compris pourquoi, un jour, il

lui avait proposé si brusquement, si nettement, de l'épouser.

Elle se rappelle sa fuite dans le petit deux-pièces sous les toits.

Elle avait tant pleuré.

Pourquoi ?

Ce n'étaient pas des larmes de joie. Aujourd'hui, elle sait. C'étaient les larmes de toutes ses peurs retenues. Elle aurait un toit. On dirait madame Lure. Et personne, non, personne, ne lui donnerait plus jamais d'argent pour les gestes qu'elle faisait. Les gestes de tous les jours. Les gestes des femmes dans les maisons.

Recevoir de l'argent pour ce qu'on fait, naturellement, chez soi, était une blessure renouvelée qu'on ne pouvait pas comprendre. Comment expliquer cela ? Être une femme comme les autres, c'était faire tout cela sans que personne, personne, jamais, ne mette la main au portefeuille et compte. Dans la tête d'Yvonne il y avait là quelque chose de dur. Indéracinable. Depuis toute petite.

Monsieur Lure l'avait sortie de cela.

Il lui avait donné un toit.

Le logis, c'est autre chose.

On reçoit quelqu'un dans son logis. Elle reçoit Vargas.

C'est elle qui crée le logis.

Au retour de ses marches dans la ville, elle trouve parfois un morceau de bois taillé, un dessin, sur le paillasson.

Il est passé.

Il a tapé doucement à la porte, a déposé dans le silence l'objet, est reparti.

Yvonne se baisse, ramasse l'offrande.

Il reviendra. Peut-être au soir, quand il verra sa lampe allumée. Peut-être le lendemain.

Elle écarte largement le battant de sa porte.

C'est chez elle.

L'espace s'est ouvert, là aussi, horizontal.

Yvonne a cessé d'avancer dans des couloirs invisibles.

Les couloirs qui se créent tout seuls n'ont pas besoin de parois pour les yeux. On ne dirait pas qu'ils sont. L'air est toujours transparent. Des murs d'air, ça n'existe pas vraiment. Pourtant.

Yvonne voit les travées où ses pas avançaient. Elle connaît les trajets exacts. Inutile de les marquer au sol. Ils étaient ancrés au plus profond d'elle. Elle les sait. Dans l'air. Les couloirs.

Ils ont la mesure du corps, coudes écartés. Rien de plus.

Pas de quoi ouvrir les bras.

Pas de quoi embrasser.

Yvonne vivait ainsi.

Comme l'horizon qui s'est ouvert, sa bouche s'étire.

Elle sourit.

Elle tient à la main le signe du passage de Vargas, son talisman, l'emporte à la cuisine. Elle s'installe à la table, le pose sur la toile cirée, près de la tache qu'elle ne nettoie toujours pas.

C'est ainsi. Comme le livre qu'elle n'ouvre toujours pas pour elle seule. Ni celui-ci, ni aucun autre.

Elle prend une brochure de voyages, choisit un ciel ailleurs pour l'objet posé là. Parfois elle met du temps, beaucoup. Parfois aucun ciel ne convient au don de Vargas. Elle fouille alors dans la pile des images du monde accumulées, à la recherche d'une montagne, d'une plage où son regard pourrait incruster l'objet.

Déposer un morceau de bois sur une île, si

loin, petite. Le bois taillé par le jeune homme est aussi grand que l'île. Ils flottent tous deux sur la mer. Quand elle a trouvé la juste place pour le cadeau de Vargas, elle est heureuse.

Elle le fait voyager bien plus loin qu'il n'est jamais allé avec les roulottes.

Elle ne sait pas par quels pays il est passé, ni d'où il vient exactement. Elle ne demande pas.

Le temps qu'ils passent ensemble, ils se parlent à leur manière.

Elle commence toujours par lire quelques pages du livre qui reste sur la table, près de la tache. Lui est silencieux, absorbé par quelque chose qu'elle crée, où il entre totalement. Quand elle s'arrête, repose doucement le livre, il enfile monsieur Oro sur sa main et lui donne la parole. Alors elle entend dans sa voix d'autres voix. Un accent, une image, et elle rêve.

Oui, elle rêve dans la voix de Vargas, comme il a rêvé dans l'histoire qu'elle lui lit. Elle voyage. Encore et encore. Elle voit des clochers aux formes particulières, assis comme de gros oiseaux sur les toits des églises, la tête surmontée d'une longue flèche noire.

D'où viennent les images qui arrivent sous les paupières ?

Parfois, lorsqu'elle est seule à nouveau, elle a l'impression que la tache qu'elle n'a jamais essuyée sur la toile cirée est un monde. Il suffit que son regard s'y perde pour que viennent les étranges paysages.

Cette tache et Vargas sont liés. Elle ne sait pourquoi.

Elle entend sa voix qui lui raconte sa maison toujours allante et juste l'écho des arbres au passage de tout ce qui roule.

Les arbres lancent leurs branches dans le vide et peu importe où l'écorce se reflète. Vargas dit que les arbres ne protègent rien ni personne. Pourtant, elle sait que ceux qui bordaient le canal de son enfance, qui aujourd'hui bordent le fleuve l'ont accompagnée chaque dimanche, depuis toujours. Elle écoute.

Vargas dit que les arbres sont. C'est tout. Pour ceux qui restent sous leurs branches. Pour ceux qui passent au long des routes. Ils sont.

Il faut savoir prendre ce qui est à prendre.

Leur reflet au passage, l'écho des troncs plantés régulièrement sur la route du voyageur. Rien à en attendre d'autre. Ils ne s'intéressent pas aux hommes. Les hommes ont leurs jambes et leurs machines, toujours prêts pour l'ailleurs. Les arbres ne connaissent pas cela. Ce sont les hommes qui rêvent. Les arbres sont. C'est tout.

Yvonne pense qu'elle n'a jamais vraiment regardé les arbres du canal, ni ceux du fleuve. Ils sont aussi. Elle se dit qu'elle le fera. Ce sera pour une prochaine promenade. Elle les regardera avec la voix de Vargas dans leurs feuilles.

La voix de Vargas anime le monde.

Comment vivait-elle, avant ?

Au bout de quelque temps, Yvonne commence un nouveau rangement.

Elle retrouve dans ses mains la fermeté de qui inspecte, trie, emballe ou jette. Elle retrouve l'énergie laborieuse de la jeune personne que monsieur Lure avait choisie pour mettre de l'ordre avant de partir.

Cette fois aussi, il est question d'ordre. Mais il s'agit d'un ordre qui lui appartient à elle, à elle seule.

Yvonne tourne et vaque dans l'appartement. Elle enlève certains objets du salon, de la chambre. Elle n'a plus envie que son regard ait affaire à eux chaque jour. Elle les porte dans le bureau de monsieur Lure. C'était à lui.

Peu à peu, elle vide certaines étagères, n'y conserve que ce qu'elle aime.

Elle choisit.

Seule, la cuisine ne change pas. La cuisine a toujours été son royaume.

Un jour, dans le bureau de monsieur Lure, elle s'assoit sur le lit étroit et regarde les livres.

C'est comme si Vargas était là, proche, en train de dessiner.

Avec les livres aussi, le même silence.

Est-ce que c'est cela que monsieur Lure venait chercher ici ?

Est-ce que c'est avec eux qu'il faisait alliance ?

Elle contemple ces rangées alignées. Alors vient quelque chose qu'elle n'avait jamais connu. Un sentiment qui prend racine loin, se fraye un chemin. Comme une possibilité d'entente.

Elle apprivoise peu à peu son regard à tous ces mots enclos.

Les couvertures la protègent des mots comme elles protègent les mots écrits de sa lecture. Yvonne en a besoin pour approcher de ce que monsieur Lure trouvait ici, pendant toutes ces heures.

Un silence comme un puits.

Le silence qui vient des livres parce que ceux qui les ont écrits ont accepté de s'y enfoncer. Habiter avec les livres, c'est habiter avec le silence des autres. Une compagnie qui ne l'effraie plus. Est-ce parce qu'elle lit l'histoire à Vargas ?

Un jour où il avait dessiné longtemps, il avait enfilé monsieur Oro sur sa main et d'une voix très basse l'avait fait parler. Monsieur Oro avait dit D'où vient le silence ? On sait bien d'où vient la parole. On sait bien que dans un corps d'humain il y a tout ce qu'il faut pour qu'on puisse parler. Mais le silence, lui, d'où vient-il ? Qu'est-ce qui fait qu'on se tait ? Il n'y a pas d'organe du silence. Cela n'existe pas. Même les marionnettes savent ça.

Les paroles de monsieur Oro avaient résonné étrangement en Yvonne.

Il avait ajouté : Les paroles appartiennent à tous. Il n'y a que notre silence qui est unique. Il nous appartient. Seulement à nous.

Ce jour-là, dans cette pièce, Yvonne perçoit le silence des livres.

Elle y entre comme dans un jardin.

Elle reste assise, là, tous les ouvrages rangés autour d'elle. Les mains posées au repos sur les genoux, elle écoute.

Pour elle aussi, ce silence-là. Une paix.

Elle est ainsi, assise depuis longtemps, et des larmes montent à ses yeux.

Il y a une fontaine dans une ville d'Allemagne, lui a raconté Vargas le soir du silence. Il n'avait jamais parlé aussi longtemps. Elle écoutait. Sa voix disait Une fontaine qu'il faut aller voir la nuit, sur une place, la Frauen Platz. On s'assoit sur des gradins de pierre, larges, qui forment un cercle. Au centre, l'eau monte dans des coupes plates. De la lumière les éclaire de l'intérieur. Elles sont au ras du sol. L'eau déborde des coupes et glisse dans celle, plus vaste, d'une vasque, sombre. On a l'impression que le mouvement même de l'eau est horizontal et c'est cela qui l'a arrêté, lui, si longtemps sur cette place.

L'eau ne coule pas verticale. Non, elle rejoint, passe de la lumière à l'obscur.

Il s'était tu et avait ouvert un carnet.

Elle avait compris qu'il était resté longtemps là-bas, occupé à la lumière et à l'ombre, au passage presque horizontal de l'une à l'autre. C'était dans la voix de Vargas. C'était dans son dessin.

Ses larmes à elle sont cette eau de la Frauen Platz. Elle les laisse couler.

En elle, une vasque obscure se découvre, peut tout accueillir.

L'eau retournera vers la lumière des coupes. Et ainsi encore et encore.

Yvonne est protégée par le silence des livres.

Alors le chant a lieu. Une mélopée. Elle seule l'entend.

D'avant en arrière, le buste d'Yvonne se balance. Les livres la bercent.

Tout ce qu'elle voit depuis qu'elle est au monde est là, entre les pages.

Elle sait que s'y trouve aussi, dans des pages et des pages qu'elle n'ouvrira jamais, tout ce qu'elle ne verra jamais.

Le monde est vaste.

C'est ici qu'elle le sent.

Tout ce qu'elle n'a pas vu hier, avant-hier et tous les autres jours ; tout ce qu'elle n'a pas su voir et ne verra pas demain ; tout ce qui aura lieu encore bien après qu'elle ne sera plus rien, est là. Sur les pages.

Elle est devant la bibliothèque.

Un livre peut rester clos, ça ne fait rien. Il est. Quand même. Il dit tout ce que celui qui l'a écrit a vécu du monde. Les instants, tous les instants, sont différents. Et toutes les différences sont inscrites dans les livres. Et toutes les vies sont imparfaites.

Elle est devant la bibliothèque.

Le balancement de son corps rythme la vie imparfaite.

Elle confie son instant, paupières closes, au silence du monde. Et quelqu'un l'écrira. Oui, quelqu'un l'écrira.

C'est une confiance. Qui rejoint. Comme l'eau des coupes de la Frauen Platz rejoint l'eau de la vasque.

Tout ce qu'elle éprouve, quelqu'un, un jour, l'a éprouvé. Parce que c'est comme ça. C'est le monde. Ce que sent l'un, un autre aussi l'a senti.

Toujours. Quelque part. Peut-être très loin sur les cartes de géographie. Peut-être très loin sur les pages des calendriers. Qu'est-ce que cela peut faire ?

Il y en a qui écrivent des mots. Pour rejoindre tous ceux qui ont éprouvé. Pour donner une forme à leur vie imparfaite.

Yvonne, elle, se balance. D'avant en arrière. Elle fait. À sa manière. Elle fait la chose la plus simple. Comme avant elle, des hommes et des femmes depuis des temps et des temps. Elle balance son corps du mouvement très ancien qui mène la vie. Elle respire.

Lentement son corps se redresse. Elle se lève et ses pieds marquent des pas sur le sol de la petite pièce. Comme une danse. Une danse qu'elle ignorait, qui a dormi dans son corps. Longtemps.

Quand elle marchait le long du canal, petite fille, l'eau dansait parfois et elle l'avait vue. Quand elle traînait les lourds sacs à vendre au marché, de longues tiges dansaient au bord du chemin. Elle ne savait pas mais son œil les avait vues, comme l'œil de Vargas voit chaque chose.

Elle ne savait pas que la danse était entrée dans son corps, par le regard, par la peau.

Maintenant elle danse de toutes les danses que son corps a retenues.

À l'abri des livres qui disent toutes les histoires.

Personne ne voit cette vieille femme aux cheveux gris qui marque des pas sur le tapis d'un petit bureau. Dans ce mouvement qui la porte, tous les instants de sa vie se sont rassemblés et sa danse est juste.

Yvonne n'a plus d'âge.

Le soir tombe lentement.

Alors, elle va au placard de monsieur Lure, l'ouvre. Elle sort les costumes, les chaussures. Elle sort tous les vêtements conservés, inutiles.

Quand Vargas arrive ce jour-là, elle les lui montre. Ils sont empilés sur le petit lit.

Elle lui demande de les emporter, de les donner.

Il hésite.

On ne touche pas aux affaires d'un mort. On les brûle. Mais il voit dans le regard gris qu'il faut bien que quelqu'un aide. Elle n'est pas de ceux qui brûlent. Il accepte.

Il ne touche pas les tissus. Ce sont ses mains à elle qui font.

Elle plie tout, soigneusement, dans des sacs. Vargas est assis dans la cuisine, seul. Il l'entend qui s'affaire. Il regarde, par la fenêtre, le ciel. Que pense-t-il, lui, en cet instant ? Revoit-il une autre femme, pliant les affaires de son père, les posant sur le lit avant qu'on brûle la roulotte et tout ce qui reste de lui ? Est-ce ainsi que font les femmes quand les hommes meurent ? Est-ce que plier, ranger, rend les femmes libres ? Maman.

Vargas a posé ses deux mains à plat devant lui, sur la table. Il se rend compte qu'il s'est assis à la place d'Yvonne. Le livre est là. Il est presque fini.

Il remarque pour la première fois la tache incongrue. Il l'effleure du bout de l'index puis se lève.

Il ne restera pas longtemps ce soir. Il faut qu'il laisse la vieille dame à ses affaires, seule. Elle est en route dans sa tête.

Il prend les sacs qu'Yvonne a préparés. Il sait où apporter tout cela. Dans ses promenades nocturnes, depuis quelque temps, il a rencontré des hommes qui n'ont rien. Ils vivent aux abords de la ville dans une sorte de hangar. Ils travaillent, à droite à gauche, remontent des murs, creusent des tranchées, portent des cageots. Ils sont un petit groupe. Avec eux, il se sent à l'aise, peut rester des heures. Il a fait leurs portraits. À chacun. Ils se regardent et rient parce qu'ils se reconnaissent. Comme des enfants. Il leur a fait aussi les portraits des fiancées pour certains, des femmes et des petits pour d'autres, de ceux qu'on aime, laissés loin. Ils ont sorti les photographies des portefeuilles, avec des gestes timides, la gêne de celui qui dévoile. Il n'a jamais posé de questions. Il préfère les faire discuter avec monsieur Oro. Ils viennent de pays différents, essaient de se comprendre dans des langues étrangères les unes aux autres.

Ils aiment entendre les histoires de monsieur Oro.

C'est à eux qu'il donnera les vêtements du mari d'Yvonne ce soir. Et les vestes et les pantalons retrouveront des formes, feront à nouveau plis et poches quand quelqu'un s'assoira trop longtemps. Des vêtements froissés qui prendront les odeurs de la vie et du travail, les odeurs du hangar et de la cuisine faite à la nuit tombée. Le silence et les éclats de rire, les grondements parfois. Ces vêtements si impeccablement conservés connaîtront tout cela.

Inexplicablement, il en est heureux.

Quand il repart, lourdement lesté, la nuit est déjà tombée. Il va directement au hangar, sans passer par le campement.

Yvonne est seule.

Maintenant que de la place est faite dans le placard, elle se retrouve devant une petite valise de cuir brun.

Peut-être est-ce pour se retrouver seule face à cette petite valise qu'elle a fait tout ce rangement depuis des jours et des jours ? Pour en arriver là.

L'Afrique de monsieur Lure y est entreposée.

Il lui avait montré ce qu'elle contenait. Des relevés topographiques. Des notes et des notes prises au long de son séjour. Quelques objets dont il se servait là-bas, qu'il tenait à conserver mais pas à utiliser. Il y avait un couteau, elle s'en souvient. Une fourchette de métal. Rien de bien exotique. Des choses de tous les jours. Il y avait aussi le flacon de verre taillé noir décoré de petits points blancs. Ce flacon qu'elle avait tenu dans ses mains un jour, qu'elle avait ouvert.

Ah.

Vargas lui a dit en partant qu'il ne reviendrait que dans trois jours. Pourquoi trois. Il a compté avec ses doigts à elle, un, deux, trois, gravement. Sa main dans la longue main fine du jeune homme, elle a ri.

Il lui a laissé monsieur Oro.

Le rire d'Yvonne est bas, un peu rauque, comme une toux qu'on cache.

Trois.

Elle se sent porteuse des trois jours à venir d'une étrange façon.

Pourquoi trois jours ?

Elle quitte la petite valise, le bureau.

Elle marche dans l'appartement sans se retourner. Parfois elle s'arrête, se plante littéralement dans le sol. Elle s'est interdit la fenêtre.

Elle fait l'arbre. C'est un drôle de jeu qui se souvient exactement des paroles du jeune homme.

Les arbres ne rêvent pas d'ailleurs. Ils sont. C'est tout.

Trois jours.

Plantée dans le salon, face à la table basse, au bout d'un long temps, elle comprend.

C'est la mémoire qui occupe les arbres. Entièrement. C'est elle qui les nourrit, rend les feuilles si vertes puis les fait tomber, une à une.

Elle est un arbre. La mémoire monte, gagne chaque parcelle vivante. Elle se rappelle.

Il y a eu une nuit debout aussi, elle plantée, mais si petite, dehors, dans la chaleur d'une nuit d'été. Elle n'avait pas réussi à s'allonger sur l'herbe, dormir. La terre aurait pu s'ouvrir et l'engloutir, là. Comme elle avait englouti le cheval du voisin qui était trop fatigué, mort, et que le voisin avait voulu garder auprès de lui, dans le jardin, sous la terre.

Ce soir-là, sa mère l'avait maudite, elle. Pourquoi. Les paroles embuées de la mère, comme des choses qui se colleraient contre elle. Pour toujours. Maudite.

Elle avait couru, franchi le seuil de leur logis sans même s'en apercevoir, elle s'était cachée derrière le mur, derrière les broussailles. Il fallait empêcher les mots de la malédiction de l'atteindre.

C'est l'ailleurs qui l'avait atteinte.

L'ailleurs auquel elle avait été contrainte de se soumettre. Toute la nuit. L'ailleurs de l'obscur.

Sa mère avait continué longtemps de la maudire, dans le noir. Elle, n'osait pas lever la tête, regarder.

Puis elle avait entendu la porte claquer. Maman ? Plus de logis. Plus rien. Pourquoi.

La mémoire est totale.

Elle sanglotait, toute droite, le front contre le mur de pierres. Pourquoi ? Pourquoi ?

Elle avait vu la nuit prendre peu à peu la jointure de chaque pierre, rendre le mur lisse, une masse contre laquelle, appuyée, elle avait vu la nuit passer. Son cœur avait fondu dans la muraille.

Pour résister. À quoi.

Pour toujours.

Au matin, sa mère l'avait cherchée, appelée. Sa mère avait pleuré.

Elle, ne pleurait plus.

C'était fini.

Rien, jamais, ne s'efface.

Yvonne fait l'arbre.

Faut-il tout se rappeler ?

Elle ne choisit pas.

C'est dans le lit de monsieur Lure, son lit des soirs de lecture, qu'elle décide de dormir cette nuit-là.

Avant de se coucher, elle retourne au placard.

Elle attrape la poignée de la petite valise tout doucement, tire à elle. Le cuir usé est lisse dans sa main. Elle porte ce poids d'un autre pays avec précaution.

Elle se couche tout habillée, la valise au pied du lit.

Elle va dormir dans le lit de monsieur Lure.

C'est la première fois.

C'est un voyage.

C'est dans ce lit qu'elle l'a vu, vivant, la dernière fois. Non. Il était mort, déjà. Mais elle ne le savait pas.

Et de ne pas savoir, on regarde encore quelqu'un comme s'il était vivant.

C'est étrange.

Après, dès qu'on sait la mort, on ne voit plus rien de la même façon. On ne peut plus se dire simplement Il dort. Pourtant, il est bien pareil à lui, pareil à lui vivant. C'est bien le même corps, le même visage. Les lunettes tombées sur la poitrine, le livre à la main, au bout des doigts. C'est exactement comme le sommeil. Mais on sait. Voilà, on sait et ça change tout.

Elle avait su dès qu'il n'avait pas relevé la tête à son approche. Elle avait su.

De toute façon, elle savait déjà. Elle attendait. Elle était restée dans la cuisine. Elle avait trouvé une brochure vantant des voyages dans la boîte aux lettres. C'est la première dans laquelle elle s'était perdue. Elle attendait.

Entrer dans les images.

Il lui avait dit À peine quelques heures. Il lui avait demandé.

Ne plus entendre son propre cœur qui bat partout, trop fort.

Il l'avait appelée la veille très doucement. Il avait demandé. Yvonne.

Ne plus rien sentir, jamais.

Il voulait que ce soit ses mains à elle qui le fassent. Ses mains fermes de femme qui avait toujours fait les choses sans poser de questions inutiles. Ces mains qui l'avaient tant attiré. Savait-il déjà pourquoi ?

Faire ce qu'il demandait. Ne plus être là.

Avant, il avait embrassé sa main. Comme Vargas.

Les deux seules fois où sa main droite avait reçu un baiser.

Faire. Oui. Scrupuleusement. Comme il le lui avait demandé.

Dans sa poitrine, on lance des cailloux.

Ouvrir la valise.

Déboucher le petit flacon en prenant soin de ne pas toucher la poudre.

Dissoudre la poudre dans l'eau complètement. Puis lentement, cuiller après cuiller, l'aider à boire, lui qui ne pouvait presque plus rien avaler.

On fait pareil pour un enfant ?

La poudre était dans le flacon de verre taillé, noir, décoré à sa base de petits points blancs.

Elle l'avait rangé dans la valise ensuite. À sa

place. Il en restait la moitié dans le flacon. Elle savait.

Vivante pour ça ?

Les choses ne bougent pas. Les humains les déplacent. Parce qu'ils sont vivants. Quand ils sont morts, ils deviennent des choses aussi. On les déplace. On les range.

Dans la tête d'Yvonne rien n'est rangé.

Les morts sont vivants. Les vivants parfois sont des choses.

Elle aussi était une chose. Devenue. Pas besoin de la poudre.

Un ouvrage fortifié.

Où, la meurtrière ?

Elle touche la valise du bout des doigts, se rassure à son contact. Pourquoi.

Elle caresse le drap. Le tissu est fin, doux. Elle soupire. Dans ce lit elle se sent bien. Il est juste à sa taille.

Elle regarde autour d'elle.

Monsieur Lure a-t-il regardé une dernière fois les livres, les livres, les livres ?

Est-ce que le regard de celui qui lit et de celui qui ne lit pas est le même ?

Connaissait-il vraiment toutes les histoires ? Qu'en faisait-il dans sa tête ?

Quand Yvonne fait la lecture à Vargas, elle n'entre pas dans l'histoire. Elle continue à se tenir à distance. Elle lit les mots.

Vargas est comme monsieur Lure. Elle a reconnu ça tout de suite chez lui. Il est de ceux qui laissent entrer les mots à l'intérieur d'eux. Pas elle.

Ce soir, elle veut s'endormir avec tout ce qui est écrit autour d'elle. Les couvertures de chaque livre comme des pays.

C'est ici que monsieur Lure a voulu. C'est ici qu'il est devenu.

Dans son rêve cette nuit-là, il y a Vargas. Ses longues mains fines.

Au matin, elle ouvre la valise. Tout y est.

Le flacon.

Empli à moitié.

Elle prend. Le contact du verre dans sa main est doux.

À la cuisine, elle verse quelques gouttes d'eau dans une cuiller, mélange, la poudre se dissout. Alors, très lentement, elle fait couler le liquide un peu pâteux sur la toile cirée. À l'emplacement exact de la tache.

L'univers bouge, se fissure. Un autre se constitue sous ses yeux. Un univers qui transforme toute trace.

Voilà. C'est aussi simple que ça. C'est toujours simple.

Le livre est posé tout près. Elle le prend, le tient fort, ne l'ouvre pas.

Les arbres n'ont pas besoin d'ailleurs. Les arbres ne rêvent pas.

Elle est cette femme aux cheveux gris, avec toute son histoire à elle à l'intérieur. Son histoire à elle si dense si opaque qu'elle avait pris tout son corps. Chaque parcelle était occupée. Sans meurtrière ?

Où les paroles de Vargas ont-elles trouvé à se loger, chez elle ?

Elle se rappelle sa voix. Elle se rappelle ses mots, exactement, la façon dont il les prononce. C'est sa musique.

Est-ce que quand on peut entendre la

musique d'une voix, on peut les entendre toutes ?

Est-ce qu'à l'intérieur d'elle la place est libre ?

L'envie de passer l'index sur la tache, si près, d'aspirer le reste de poudre qui resterait collé. Si forte. Connaître le goût. Connaître l'effet.

Les mains tenues au livre, le temps que la poudre soit complètement prise au reste, amalgamée, elle reste immobile. Que la poudre fasse pierre.

Que la poudre fasse pierre.

Du temps passe.

Elle recommence à faire glisser la poudre du flacon dans la cuiller, à la mêler à l'eau, à la faire couler sur la tache.

Le temps que tout s'amalgame, elle fait l'arbre au livre. C'est cela qui est difficile. Aussi difficile que de faire boire lentement monsieur Lure.

On ne peut jamais demander cela à quelqu'un de son sang. Jamais.

Elle serre fort le livre.

Hervé Lure. Son prénom qu'elle n'a prononcé qu'à ce moment-là. Si bas que peut-être il n'a pas entendu. Est-ce que cela aurait changé quelque chose qu'il entende ? Elle aimerait pouvoir poser cette question et d'autres qui arrivent.

Des questions.

Elle n'en a jamais posé de sa vie. Soudain elle se rend compte qu'il y en a tant que les branches d'un arbre en seraient pleines.

Où étaient-elles, tout ce temps ?

Qu'en avait-elle fait ?

Est-ce que les questions vivent en nous sans que nous le sachions ?

Est-ce qu'elles grandissent, comme des enfants solitaires ? Est-ce qu'elles se détachent de nous un jour et que nous les perdons sans même les avoir connues ?

À qui les poser.

Il faudrait aller vers l'eau. L'eau emporte tout. Peut-être dans ce qui emporte tout, les réponses.

Yvonne attend. Son regard ne quitte plus la toile cirée. Elle ne peut pas partir. Il faut que cela durcisse, complètement.

Elle ne cherche aucun pays, aucune île dans la poudre qui peu à peu se glisse dans la tache, se met lentement à lui appartenir.

Elle accompagne tout entière le processus. Voilà.

Il n'y a plus rien dans le flacon.

Il est redevenu un objet que quelqu'un a mis du temps à créer.

Il a été fait au souffle d'un vivant.

La vie la mort d'une bouche à l'autre.

Rien ne s'invente. Rien. Tout passe dans le souffle de l'un à l'autre. Toujours.

Le bout de ses doigts, lentement, caresse l'univers reformé, autre, sur la toile cirée. On sent à peine quelques rugosités.

Sur sa peau à elle, il ne reste rien.

Alors elle enfile ses chaussures restées près de la porte.

Elle sort.

Pas un regard pour l'espace sous le pont, elle marche. Inutile d'aller vite.

Elle ne choisit pas où ses pas la conduisent. Il lui faut juste l'eau où poser son regard maintenant. Il y a toujours eu de l'eau où elle vivait.

Elle va au fleuve.

Personne encore sur les berges.

Elle s'assoit sur un banc.

L'eau du fleuve n'a pas vraiment de couleur. Du gris peut-être mais si pâle. C'est un jour clair.

Quelque chose en elle a cédé.

Ce n'est ni le goût de la paix ni celui de la mort qu'elle connaît à cet instant. Un autre état. Un état nouveau.

Comme les derniers grains de poudre, elle appartient. Elle aussi. Enfin. Un étrange sentiment.

Il n'y a plus rien entre elle et le monde. Plus rien.

Comme hébétée, elle se rend compte qu'elle fait partie.

Est-ce qu'on abandonne la solitude ?

Est-ce qu'on abandonne la mort ?

Que dirait monsieur Lure ?

Ne l'avait-il choisie, elle, que pour aller jusque-là avec lui ?

Les arbres sont de l'autre côté. Hauts. Si hauts.

Elle voit leur reflet dans l'eau. Des masses mouvantes, vertes, violettes. Le courant les découpe en espaces de lumière collés les uns aux autres et mobiles. Le courant crée des figures. Un jour monsieur Lure lui avait dit le nom de ces arbres : les arbres de Judée. Il lisait. Il avait relevé la tête et avait dit le nom des arbres. C'était des arbres dans sa lecture. Il avait ajouté que c'était beau les arbres de Judée, oui, qu'il y en avait le long du fleuve, avec leurs grappes violettes. Il était déjà malade.

Ils sont là, devant elle, de l'autre côté.

Elle se rend compte qu'elle préfère regarder leur reflet dans l'eau. Monsieur Lure, lui, les préférait dans les livres.

Lire, c'est voir les choses dans l'eau ? Les regarder par leurs reflets ?

Yvonne s'est levée. C'est son visage qu'elle penche au-dessus du fleuve. Le courant le déforme aussi en gardant pourtant la cohésion parfaite de ses traits. Elle se reconnaît malgré l'étirement que l'élan du canal lui fait subir. Vers l'ailleurs. Est-ce que son image peut être emportée par l'eau ? Jusqu'où ?

Les questions sont inutiles au bord du fleuve.

Yvonne s'est remise à marcher, lentement.

Il faut regarder les arbres de Judée par leurs reflets.

Ce n'est jamais à quelqu'un de son sang qu'on peut demander ce qu'Hervé Lure lui a demandé.

Jamais.

Est-ce pour cela qu'elle était partie ? Loin du logis où sa mère se défaisait ? Est-ce pour que cela n'arrive pas qu'elle passait de plus en plus de temps au bord du canal ? Mais qu'est-ce que t'as donc à faire toujours là-bas, râlait la femme alitée, t'as un amoureux qui t'attend ? Reste un peu ici.

Elle fuyait. Non, il n'y avait pas d'amoureux. Il n'y avait jamais eu d'amoureux pour elle. Il fallait juste qu'elle aille jusqu'à l'eau. C'est tout.

Un jour, elle avait couru comme on se jette. Jusqu'au bord. Arrêtée. Maman.

Elle avait souhaité de toutes ses forces que les yeux de sa mère soient fermés quand elle rentrerait.

Combien de temps ?

Les mains vides.

Sa mère est morte.

On ne peut pas demander à quelqu'un de son sang. Jamais.

Yvonne Lure continue lentement la promenade au bord de l'eau.

Pendant les trois jours, Vargas n'est pas venu.
Trois jours entiers.

Pendant les trois jours, elle a fini son rangement.

Elle a sorti les objets de la valise d'Afrique, les a mêlés aux autres, ceux de la vie de tous les jours.

Le flacon de verre est près du pot de café, sur l'étagère. Il ne menace plus personne.

Elle a longuement gratté la tache sur la toile cirée. Demeure un espace un peu blanchi.

Pour les notes de monsieur Lure, elle a fait de la place dans un tiroir du bureau mais ses mains se sont arrêtées. Elle n'avait jamais vraiment regardé son écriture. Allongée, élégante, rapide.

Une écriture qui ne correspond pas à l'homme aux sourcils broussailleux qui vivait à ses côtés.

Entre cette façon de tracer les lettres et l'image qu'elle a de lui, un écart.

C'est l'écart qui l'a saisie.

Debout, elle marche dans le petit bureau, la liasse de notes à la main.

Hervé Lure les avait reliées minutieusement avec du raphia tressé très fin, de là-bas. C'est précieux. Elle a entre les mains ces pages sans couverture. Ces mots-là ne se protègent pas. Et elle non plus. Ce sont les mots d'Hervé Lure.

Ils se donnent simplement, viennent à elle. Ce sont des notes de travail. Parfois, un détail de sa vie. Elle lit aussi minutieusement qu'il a écrit, ne saute pas une ligne.

Elle entre dans son histoire sans s'en rendre vraiment compte. Elle est une jeune fille.

Des images arrivent.

Venues d'où ?

Les mots font des images.

Les mots font des images.

Elle voit le chantier et les hommes au travail. Elle voit le village, les petites barrières basses, les poules couleur de terre. Elle entend les bruits qui raclent dans les broussailles. Tout est là. Elle y mêle tout ce qu'elle a vu dans les magazines de voyages, elle y mêle les ombres des arbres le long du fleuve et les dessins de Vargas, la terre sèche des champs de son enfance.

C'est l'Afrique de monsieur Lure ? C'est son Afrique à elle ? Leur Afrique.

Elle s'est assise sur le divan du salon, a ramené ses jambes sous elle. Elle n'a plus besoin d'arpenter l'appartement. Elle marche dans la lecture.

Avec ses mots, de si loin, Hervé fait rêver Yvonne.

Elle lit, pour elle toute seule.

Et elle l'imagine, lui, Hervé Lure, jeune, timide, et pourtant décidé.

Elle le voit.

C'est lui et en même temps, c'est un autre.

C'est lui et un rêve de lui. Elle est là.

Il donne vie à tout dans ses notes, il est présent. Intensément. Autrement. Comme elle ne l'a jamais connu. Il est là.

Personne ne meurt vraiment. Jamais. Tant qu'un vivant imagine, la mort n'est rien.

La présence, l'absence n'ont rien à voir avec la vie et la mort.

Yvonne découvre. Elle peut faire vivre les images que les mots font venir en elle.

Il n'y a plus de peur.

Rien que la présence acceptée, cette étrange présence de ce qui n'existe pas en poids sur terre mais qui est pourtant si fort. Sans géographie, sans histoire.

Elle est vivante.

Elle donne vie, parce qu'elle crée les images, les sons et les odeurs, parce qu'elle imagine. Maintenant elle sait. C'est cela qui reposait dans le silence des livres de la bibliothèque. Cela qu'Hervé Lure connaissait.

Elle est vivante.

Elle repose les pages, elle a entendu gratter à la porte.

Vargas est là, debout.

Ils ne se touchent pas la main comme ils le

font d'habitude à chacune de leurs rencontres : la paume petite, pleine et un peu rude d'Yvonne contre celle, souple, de Vargas.

Sans réfléchir, elle l'a pris dans ses bras.

Vargas sourit.

Quand Yvonne se retourne pour aller vers la cuisine, comme à l'accoutumée, il ne la quitte pas des yeux.

Pourquoi a-t-il eu si peur de la perdre ?

Il est resté au hangar, avec les autres, à partager leurs vies, pendant les trois jours. Trois jours où il n'est pas rentré dormir dans la roulotte du vieux, pour la première fois. Trois jours où il a confié son sommeil à un lieu qui ne roule pas, un lieu voué à l'immobile même s'il n'a pas les solides fondations des maisons, même si son toit est de tôle.

Trois jours pour savoir s'il peut partir vraiment, s'il veut partir vraiment.

Maintenant, il sait. Il n'y aura pas de boîtes pour ses dessins. Jamais.

À son retour, le vieux et Cestia l'ont vu ramasser ses carnets. Pendant ces trois jours, il s'est confectionné une large ceinture de tissus ramassés et de cuir, pour les porter. Alors le vieux lui a tendu un portefeuille usé, celui de son père. Pour la route.

Il est allé chercher sa boîte et il s'est mis à la brûler.

Vargas l'a longuement regardé.

Il a laissé le tapis.

Il ira seul désormais.

Son regard ne quitte pas la vieille dame qui avance.

Dans ses yeux, elle ne marche pas. Elle danse.

La danse, c'est le souffle à l'intérieur de chaque mouvement. Lui, la voit.

Il voit le souffle qui passe par chaque parcelle de son corps.

Les pas d'Yvonne Lure respirent.

Il ne s'est pas trompé.

C'est cela marcher.

Et il l'a rencontrée pour apprendre.

Il ne s'est pas trompé.

Elle est la mère de chacun de ses pas.

Et s'il lui faut, à lui, toute une vie pour y arriver, il le fera et ce sera sa vie.

Elle ne le conduit pas à la cuisine. Elle l'emmène au bureau de monsieur Lure. La porte en est ouverte.

Un logis pour quand tu reviendras me raconter le monde.

Parce que tu reviendras, n'est-ce pas ?

Elle sait qu'il va partir.

Le cœur de Vargas bat fort. Il prend la main d'Yvonne dans la sienne. Il la serre.

Toute sa réponse dans ce qui en lui sait l'origine : les larmes.

Il sort de sa ceinture chaque carnet, les dépose un à un sur le bureau. Il ne garde que le dernier. Il dit aussi qu'elle peut garder monsieur Oro. Il sait que, maintenant, il va seul et que c'est lui qui parlera. La ceinture est prête à recevoir ce qu'il verra du monde, ce qu'il sera devant le monde.

Yvonne lui montre, dans un coin, la petite valise d'Afrique. Elle l'a ouverte. Elle dit que c'est pour lui mais qu'avant, il faut faire quelque chose.

Elle va vers les étagères, prend les livres un à un, ne choisit pas. Elle les tire lentement vers elle, les dépose dans la valise. Des rangées s'effondrent.

Elle sourit. Cela n'a aucune importance.

Elle ne gardera rien. Elle a de quoi tenir. Elle a les mots d'Hervé et les carnets de Vargas.

Quand la petite valise est pleine, ils descendent.

C'est le soir, il y a peu de monde dans les rues.

Madame Lure commence par un banc. Elle l'a élu pour sa place aux derniers rayons du soleil. Elle y a déjà vu un homme assis qui lisait son journal en donnant à manger aux oiseaux les restes d'un pain. Ce sera peut-être pour lui. Elle ouvre la valise, plonge la main au hasard, en sort un titre. Elle le dépose sur le banc.

Elle reste un long moment à contempler le livre, seul.

Une main le prendra et quelque chose recommencera. Elle ne saura pas qui et personne ne saura que c'est elle qui l'a déposé. C'est une histoire plus vaste maintenant.

Il faut imaginer.

Vargas la regarde, elle. Yvonne lui sourit, lui montre d'un geste ample la ville autour de lui.

Comme lorsqu'elle l'avait invité à entrer chez elle, la première fois.

C'est son tour.

Sur un appui de fenêtre, il dépose un ouvrage pour celui ou celle qui ouvrira les volets le premier au matin. Il se dit que lui aussi offre quelque chose à quelqu'un, quelqu'un d'ici, quelqu'un qu'il ne connaîtra jamais. Et c'est la première fois.

Sa main aux longs doigts de voleur s'attarde sur la couverture.

Elle est bleue, c'est un bleu du matin, un bleu pour accompagner le premier café. Peut-être le lira-t-on accoudé à la fenêtre même, sitôt découvert. Peut-être une femme ?

Yvonne a passé son bras autour de celui de Vargas.

Ils repartent. Ils marchent dans la ville et déposent, comme des cadeaux, les livres d'Hervé Lure. Ils égrènent sa bibliothèque au fil des rues.

Certains découvriront des livres au pied des arbres, d'autres devant l'étal de l'épicier ou sur les marches qui conduisent à la poste. Il y en aura sous des portes cochères et des abris d'autobus.

Des mots feront des images. Peut-être.

Hervé partagera ses lectures. Partout.

Quand il n'y a plus rien, elle lui dit que maintenant la valise est prête pour lui. Pour le voyage. Et quand il reviendra, ils la rempliront à nouveau et recommenceront. À chaque fois. Jusqu'à ce que tous les livres soient à nouveau vivants, sous d'autres yeux, dans d'autres mains.

C'est cela qu'elle veut.

Vargas a dit oui. Il reviendra. Encore et encore.

Ils sont devant le fleuve, Yvonne s'assoit.

Il ne lui reste plus qu'un seul livre, celui qu'elle avait déposé un soir devant le campement.

Ils laissent le silence venir des eaux du fleuve jusqu'à eux. Le vent est frais sur la peau.

Yvonne respire longuement puis elle ouvre les pages. Elle lit. De sa voix juste, elle va jusqu'au bout. Et toute l'histoire que raconte le livre prend place en elle. Pour la première fois.

À l'intérieur d'elle, ce qui est atteint ne pourra plus jamais se fermer.

Vargas a embrassé sa main.

Elle a posé son front contre le sien. Longtemps.

Alors les longs doigts souples prennent ce qu'elle ne tient plus. Vargas s'est levé. D'un geste sûr, il a lancé le livre dans le fleuve.

Il peut partir maintenant.

Yvonne reste assise, elle ne se retourne pas.

Les pages se sont ouvertes, se mêlent au reflet des arbres dans l'eau. C'est bien.

Elle sourit.

DU MÊME AUTEUR

Aux éditions Denoël

LES DEMEURÉES, 2000 (Folio n° 3676). Prix UNICEF 2001

UN JOUR MES PRINCES SONT VENUS, 2001

ÇA T'APPRENDRA À VIVRE, 2003

LES MAINS LIBRES, 2004 (Folio n° 4306)

LES RELIQUES, 2005

Chez d'autres éditeurs

SAMIRA DES QUATRE-ROUTES, Flammarion, 1992

ADIL, CŒUR REBELLE, Flammarion, 1994

POURQUOI PAS MOI ? Hachette-Jeunesse, 1997

UNE HISTOIRE DE PEAU ET AUTRES NOUVELLES, Hachette-Jeunesse, 1997

QUITTE TA MÈRE ! Thierry Magnier, 1998

ÇA T'APPRENDRA À VIVRE, Le Seuil Jeunesse, 1998

ÉDOUARD ET JULIE, T. Magnier, 1999

SI MÊME LES ARBRES MEURENT, Thierry Magnier, 2000. Prix Jeunesse de Brive 2001

LE PETIT ÊTRE, Thierry Magnier, 2000

TRAVAIL, TRAVAILLONS, TRAVAILLEZ, Hachette-Jeunesse, 2001

ET SI LA JOIE ÉTAIT EN VOUS ? La Martinière Jeunesse, 2001

LA BOUTIQUE JAUNE, Thierry Magnier, 2002. Prix du Livre de Metz 2003, Prix des Mange-Livres de Carpentras 2004

VALENTINE REMÈDE, Thierry Magnier, 2002

COMME ON RESPIRE, Thierry Magnier, 2003

UNE HEURE, UNE VIE, Thierry Magnier, 2004

PRINCE DE NAISSANCE, ATTENTIF DE NATURE, Thierry Magnier, 2004

COLLECTION FOLIO

Dernières parutions

3968. Dan Simmons	*Les Fosses d'Iverson.*
3969. Junichirô Tanizaki	*Le coupeur de roseaux.*
3970. Richard Wright	*L'homme qui vivait sous terre.*
3971. Vassilis Alexakis	*Les mots étrangers.*
3972. Antoine Audouard	*Une maison au bord du monde.*
3973. Michel Braudeau	*L'interprétation des singes.*
3974. Larry Brown	*Dur comme l'amour.*
3975. Jonathan Coe	*Une touche d'amour.*
3976. Philippe Delerm	*Les amoureux de l'Hôtel de Ville.*
3977. Hans Fallada	*Seul dans Berlin.*
3978. Franz-Olivier Giesbert	*Mort d'un berger.*
3979. Jens Christian Grøndahl	*Bruits du cœur.*
3980. Ludovic Roubaudi	*Les Baltringues.*
3981. Anne Wiazemski	*Sept garçons.*
3982. Michel Quint	*Effroyables jardins.*
3983. Joseph Conrad	*Victoire.*
3984. Émile Ajar	*Pseudo.*
3985. Olivier Bleys	*Le fantôme de la Tour Eiffel.*
3986. Alejo Carpentier	*La danse sacrale.*
3987. Milan Dargent	*Soupe à la tête de bouc.*
3988. André Dhôtel	*Le train du matin.*
3989. André Dhôtel	*Des trottoirs et des fleurs.*
3990. Philippe Labro/ Olivier Barrot	*Lettres d'Amérique.* *Un voyage en littérature.*
3991. Pierre Péju	*La petite Chartreuse.*
3992. Pascal Quignard	*Albucius.*
3993. Dan Simmons	*Les larmes d'Icare.*
3994. Michel Tournier	*Journal extime.*
3995. Zoé Valdés	*Miracle à Miami.*
3996. Bossuet	*Oraisons funèbres.*
3997. Anonyme	*Jin Ping Mei I.*
3998. Anonyme	*Jin Ping Mei II.*
3999. Pierre Assouline	*Grâces lui soient rendues.*

4000. Philippe Roth — *La tache.*
4001. Frederick Busch — *L'inspecteur de nuit.*
4002. Christophe Dufossé — *L'heure de la sortie.*
4003. William Faulkner — *Le domaine.*
4004. Sylvie Germain — *La Chanson des mal-aimants.*
4005. Joanne Harris — *Les cinq quartiers de l'orange.*
4006. Leslie Kaplan — *Les Amants de Marie.*
4007. Thierry Metz — *Le journal d'un manœuvre.*
4008. Dominique Rolin — *Plaisirs.*
4009. Jean-Marie Rouart — *Nous ne savons pas aimer.*
4010. Samuel Butler — *Ainsi va toute chair.*
4011. George Sand — *La petite Fadette.*
4012. Jorge Amado — *Le Pays du Carnaval.*
4013. Alessandro Baricco — *L'âme d'Hegel et les vaches du Wisconsin.*
4014. La Bible — *Livre d'Isaïe.*
4015. La Bible — *Paroles de Jérémie-Lamentations.*
4016. La Bible — *Livre de Job.*
4017. La Bible — *Livre d'Ezéchiel.*
4018. Frank Conroy — *Corps et âme.*
4019. Marc Dugain — *Heureux comme Dieu en France.*
4020. Marie Ferranti — *La Princesse de Mantoue.*
4021. Mario Vargas Llosa — *La fête au Bouc.*
4022. Mario Vargas Llosa — *Histoire de Mayta.*
4023. Daniel Evan Weiss — *Les cafards n'ont pas de roi.*
4024. Elsa Morante — *La Storia.*
4025. Emmanuèle Bernheim — *Stallone.*
4026. Françoise Chandernagor — *La chambre.*
4027. Philippe Djian — *Ça, c'est un baiser.*
4028. Jérôme Garcin — *Théâtre intime.*
4029. Valentine Goby — *La note sensible.*
4030. Pierre Magnan — *L'enfant qui tuait le temps.*
4031. Amos Oz — *Les deux morts de ma grand-mère.*
4032. Amos Oz — *Une panthère dans la cave.*
4033. Gisèle Pineau — *Chair Piment.*
4034. Zeruya Shalev — *Mari et femme.*
4035. Jules Verne — *La Chasse au météore.*
4036. Jules Verne — *Le Phare du bout du Monde.*

4037. Gérard de Cortanze — *Jorge Semprun.*
4038. Léon Tolstoï — *Hadji Mourat.*
4039. Isaac Asimov — *Mortelle est la nuit.*
4040. Collectif — *Au bonheur de lire.*
4041. Roald Dahl — *Gelée royale.*
4042. Denis Diderot — *Lettre sur les Aveugles.*
4043. Yukio Mishima — *Martyre.*
4044. Elsa Morante — *Donna Amalia.*
4045. Ludmila Oulitskaïa — *La maison de Lialia.*
4046. Rabindranath Tagore — *La petite mariée.*
4047. Ivan Tourguéniev — *Clara Militch.*
4048. H.G. Wells — *Un rêve d'Armageddon.*
4049. Michka Assayas — *Exhibition.*
4050. Richard Bausch — *La saison des ténèbres.*
4051. Saul Bellow — *Ravelstein.*
4052. Jerome Charyn — *L'homme qui rajeunissait.*
4053. Catherine Cusset — *Confession d'une radine.*
4055. Thierry Jonquet — *La Vigie* (à paraître).
4056. Erika Krouse — *Passe me voir un de ces jours.*
4057. Philippe Le Guillou — *Les marées du Faou.*
4058. Frances Mayes — *Swan.*
4059. Joyce Carol Oates — *Nulle et Grande Gueule.*
4060. Edgar Allan Poe — *Histoires extraordinaires.*
4061. George Sand — *Lettres d'une vie.*
4062. Frédéric Beigbeder — *99 francs.*
4063. Balzac — *Les Chouans.*
4064. Bernardin de Saint Pierre — *Paul et Virginie.*
4065. Raphaël Confiant — *Nuée ardente.*
4066. Florence Delay — *Dit Nerval.*
4067. Jean Rolin — *La clôture.*
4068. Philippe Claudel — *Les petites mécaniques.*
4069. Eduardo Barrios — *L'enfant qui devint fou d'amour.*
4070. Neil Bissoondath — *Un baume pour le cœur.*
4071. Jonathan Coe — *Bienvenue au club.*
4072. Toni Davidson — *Cicatrices.*
4073. Philippe Delerm — *Le buveur de temps.*
4074. Masuji Ibuse — *Pluie noire.*
4075. Camille Laurens — *L'Amour, roman.*
4076. François Nourissier — *Prince des berlingots.*
4077. Jean d'Ormesson — *C'était bien.*

4078. Pascal Quignard	*Les Ombres errantes.*
4079. Isaac B. Singer	*De nouveau au tribunal de mon père.*
4080. Pierre Loti	*Matelot.*
4081. Edgar Allan Poe	*Histoires extraordinaires.*
4082. Lian Hearn	*Le clan des Otori, II : les Neiges de l'exil.*
4083. La Bible	*Psaumes.*
4084. La Bible	*Proverbes.*
4085. La Bible	*Évangiles.*
4086. La Bible	*Lettres de Paul.*
4087. Pierre Bergé	*Les jours s'en vont je demeure.*
4088. Benjamin Berton	*Sauvageons.*
4089. Clémence Boulouque	*Mort d'un silence.*
4090. Paule Constant	*Sucre et secret.*
4091. Nicolas Fargues	*One Man Show.*
4092. James Flint	*Habitus.*
4093. Gisèle Fournier	*Non-dits.*
4094. Iegor Gran	*O.N.G.!*
4095. J.M.G. Le Clézio	*Révolutions.*
4096. Andreï Makine	*La terre et le ciel de Jacques Dorme.*
4097. Collectif	*« Parce que c'était lui, parce que c'était moi ».*
4098. Anonyme	*Saga de Gísli Súrsson.*
4099. Truman Capote	*Monsieur Maléfique et autres nouvelles.*
4100. E. M. Cioran	*Ébauches de vertige.*
4101. Salvador Dali	*Les moustaches radar.*
4102. Chester Himes	*Le fantôme de Rufus Jones et autres nouvelles.*
4103. Pablo Neruda	*La solitude lumineuse.*
4104. Antoine de St-Exupéry	*Lettre à un otage.*
4105. Anton Tchekhov	*Une banale histoire.*
4106. Honoré de Balzac	*L'Auberge rouge.*
4107. George Sand	*Consuelo I.*
4108. George Sand	*Consuelo II.*
4109. André Malraux	*Lazare.*
4110. Cyrano de Bergerac	*L'autre monde.*
4111. Alessandro Baricco	*Sans sang.*
4112. Didier Daeninckx	*Raconteur d'histoires.*

4113. André Gide	*Le Ramier.*
4114. Richard Millet	*Le renard dans le nom.*
4115. Susan Minot	*Extase.*
4116. Nathalie Rheims	*Les fleurs du silence.*
4117. Manuel Rivas	*La langue des papillons.*
4118. Daniel Rondeau	*Istanbul.*
4119. Dominique Sigaud	*De chape et de plomb.*
4120. Philippe Sollers	*L'Étoile des amants.*
4121. Jacques Tournier	*À l'intérieur du chien.*
4122. Gabriel Sénac de Meilhan	*L'Émigré.*
4123. Honoré de Balzac	*Le Lys dans la vallée.*
4124. Lawrence Durrell	*Le Carnet noir.*
4125. Félicien Marceau	*La grande fille.*
4126. Chantal Pelletier	*La visite.*
4127. Boris Schreiber	*La douceur du sang.*
4128. Angelo Rinaldi	*Tout ce que je sais de Marie.*
4129. Pierre Assouline	*État limite.*
4130. Élisabeth Barillé	*Exaucez-nous.*
4131. Frédéric Beigbeder	*Windows on the World.*
4132. Philippe Delerm	*Un été pour mémoire.*
4133. Colette Fellous	*Avenue de France.*
4134. Christian Garcin	*Du bruit dans les arbres.*
4135. Fleur Jaeggy	*Les années bienheureuses du châtiment.*
4136. Chateaubriand	*Itinéraire de Paris à Jerusalem.*
4137. Pascal Quignard	*Sur le jadis. Dernier royaume, II.*
4138. Pascal Quignard	*Abîmes. Dernier Royaume, III.*
4139. Michel Schneider	*Morts imaginaires.*
4140. Zeruya Shalev	*Vie amoureuse.*
4141. Frédéric Vitoux	*La vie de Céline.*
4142. Fédor Dostoïevski	*Les Pauvres Gens.*
4143. Ray Bradbury	*Meurtres en douceur.*
4144. Carlos Castaneda	*Stopper-le-monde.*
4145. Confucius	*Entretiens.*
4146. Didier Daeninckx	*Ceinture rouge.*
4147. William Faulkner	*Le Caïd.*
4148. Gandhi	*La voie de la non-violence.*
4149. Guy de Maupassant	*Le Verrou et autres contes grivois.*
4150. D. A. F. de Sade	*La Philosophie dans le boudoir.*
4151. Italo Svevo	*L'assassinat de la Via Belpoggio.*
4152. Laurence Cossé	*Le 31 du mois d'août.*

4153. Benoît Duteurtre	*Service clientèle.*
4154. Christine Jordis	*Bali, Java, en rêvant.*
4155. Milan Kundera	*L'ignorance.*
4156. Jean-Marie Laclavetine	*Train de vies.*
4157. Paolo Lins	*La Cité de Dieu.*
4158. Ian McEwan	*Expiation.*
4159. Pierre Péju	*La vie courante.*
4160. Michael Turner	*Le Poème pornographe.*
4161. Mario Vargas Llosa	*Le Paradis — un peu plus loin.*
4162. Martin Amis	*Expérience.*
4163. Pierre-Autun Grenier	*Les radis bleus.*
4164. Isaac Babel	*Mes premiers honoraires.*
4165. Michel Braudeau	*Retour à Miranda.*
4166. Tracy Chevalier	*La Dame à la Licorne.*
4167. Marie Darrieussecq	*White.*
4168. Carlos Fuentes	*L'instinct d'Iñez.*
4169. Joanne Harris	*Voleurs de plage.*
4170. Régis Jauffret	*univers, univers.*
4171. Philippe Labro	*Un Américain peu tranquille.*
4172. Ludmila Oulitskaïa	*Les pauvres parents.*
4173. Daniel Pennac	*Le dictateur et le hamac.*
4174. Alice Steinbach	*Un matin je suis partie.*
4175. Jules Verne	*Vingt mille lieues sous les mers.*
4176. Jules Verne	*Aventures du capitaine Hatteras.*
4177. Emily Brontë	*Hurlevent.*
4178. Philippe Djian	*Frictions.*
4179. Éric Fottorino	*Rochelle.*
4180. Christian Giudicelli	*Fragments tunisiens.*
4181. Serge Joncour	*U.V.*
4182. Philippe Le Guillou	*Livres des guerriers d'or.*
4183. David McNeil	*Quelques pas dans les pas d'un ange.*
4184. Patrick Modiano	*Accident nocturne.*
4185. Amos Oz	*Seule la mer.*
4186. Jean-Noël Pancrazi	*Tous est passé si vite.*
4187. Danièle Sallenave	*La vie fantôme.*
4188. Danièle Sallenave	*D'amour.*
4189. Philippe Sollers	*Illuminations.*

4190.	Henry James	*La Source sacrée.*
4191.	Collectif	*«Mourir pour toi».*
4192.	Hans Christian Andersen	*L'elfe de la rose et autres contes du jardin.*
4193.	Épictète	*De la liberté* précédé de *De la profession de Cynique.*
4194.	Ernest Hemingway	*Histoire naturelle des morts et autres nouvelles.*
4195.	Panaït Istrati	*Mes départs.*
4196.	H. P. Lovecraft	*La peur qui rôde et autres nouvelles.*
4197.	Stendhal	*Féder ou Le Mari d'argent.*
4198.	Junichirô Tanizaki	*Le meurtre d'O-Tsuya.*
4199.	Léon Tolstoï	*Le réveillon du jeune tsar et autres contes.*
4200.	Oscar Wilde	*La Ballade de la geôle de Reading.*
4201.	Collectif	*Témoins de Sartre.*
4202.	Balzac	*Le Chef-d'œuvre inconnu.*
4203.	George Sand	*François le Champi.*
4204.	Constant	*Adolphe. Le Cahier rouge. Cécile.*
4205.	Flaubert	*Salammbô.*
4206.	Rudyard Kipling	*Kim.*
4207.	Flaubert	*L'Éducation sentimentale.*
4208.	Olivier Barrot/ Bernard Rapp	*Lettres anglaises.*
4209.	Pierre Charras	*Dix-neuf secondes.*
4210.	Raphaël Confiant	*La panse du chacal.*
4211.	Erri De Luca	*Le contraire de un.*
4212.	Philippe Delerm	*La sieste assassinée.*
4213.	Angela Huth	*Amour et désolation.*
4214.	Alexandre Jardin	*Les Coloriés.*
4215.	Pierre Magnan	*Apprenti.*
4216.	Arto Paasilinna	*Petits suicides entre amis.*
4217.	Alix de Saint-André	*Ma Nanie,*
4218.	Patrick Lapeyre	*L'homme-soeur.*
4219.	Gérard de Nerval	*Les Filles du feu.*
4220.	Anonyme	*La Chanson de Roland.*
4221.	Maryse Condé	*Histoire de la femme cannibale.*

4222. Didier Daeninckx — *Main courante* et *Autres lieux.*
4223. Caroline Lamarche — *Carnets d'une soumise de province.*
4224. Alice McDermott — *L'arbre à sucettes.*
4225. Richard Millet — *Ma vie parmi les ombres.*
4226. Laure Murat — *Passage de l'Odéon.*
4227. Pierre Pelot — *C'est ainsi que les hommes vivent.*
4228. Nathalie Rheims — *L'ange de la dernière heure.*
4229. Gilles Rozier — *Un amour sans résistance.*
4230. Jean-Claude Rufin — *Globalia.*
4231. Dai Sijie — *Le complexe de Di.*
4232. Yasmina Traboulsi — *Les enfants de la Place.*
4233. Martin Winckler — *La Maladie de Sachs.*
4234. Cees Nooteboom — *Le matelot sans lèvres.*
4235. Alexandre Dumas — *Le Chevalier de Maison-Rouge.*
4236. Hector Bianciotti — *La nostalgie de la maison de Dieu.*
4237. Daniel Boulanger — *Le tombeau d'Héraldine.*
4238. Pierre Clementi — *Quelques messages personnels.*
4239. Thomas Gunzig — *Le plus petit zoo du monde.*
4240. Marc Petit — *L'équation de Kolmogoroff.*
4241. Jean Rouaud — *L'invention de l'auteur.*
4242. Julian Barnes — *Quelque chose à déclarer.*
4243. Yves Bichet — *La part animale.*
4244. Christian Bobin — *Louise Amour.*
4245. Mark Z. Danielewski — *Les lettres de Pelafina.*
4246. Philippe Delerm — *Le miroir de ma mère.*
4247. Michel Déon — *La chambre de ton père.*
4248. David Foenkinos — *Le potentiel érotique de ma femme.*
4249. Eric Fottorino — *Caresse rouge.*
4250. J.M.G. Le Clézio — *L'Africain.*
4251. Gilles Leroy — *Grandir.*
4252. Jean d'Ormesson — *Une autre histoire de la littérature française I.*
4253. Jean d'Ormesson — *Une autre histoire de la littérature française II.*
4254. Jean d'Ormesson — *Et toi mon cœur pourquoi bats-tu.*
4255. Robert Burton — *Anatomie de la mélancolie.*

4256. Corneille	*Cinna.*
4257. Lewis Carroll	*Alice au pays des merveilles.*
4258. Antoine Audouard	*La peau à l'envers.*
4259. Collectif	*Mémoires de la mer.*
4260. Collectif	*Aventuriers du monde.*
4261. Catherine Cusset	*Amours transversales.*
4262. A. Corréard et H. Savigny	*Relation du naufrage de la frégate la* Méduse.
4263. Lian Hearn	*Le clan des Otori, III : La clarté de la lune.*
4264. Philippe Labro	*Tomber sept fois, se relever huit.*
4265. Amos Oz	*Une histoire d'amour et de ténèbres.*
4266. Michel Quint	*Et mon mal est délicieux.*
4267. Bernard Simonay	*Moïse le pharaon rebelle.*
4268. Denis Tillinac	*Incertains désirs.*
4269. Raoul Vaneigem	*Le chevalier, la dame, le diable et la mort.*
4270. Anne Wiazemsky	*Je m'appelle Élisabeth.*
4271. Martin Winckler	*Plumes d'Ange.*
4272. Collectif	*Anthologie de la littérature latine.*
4273. Miguel de Cervantes	*La petite Gitane.*
4274. Collectif	*«Dansons autour du chaudron».*
4275. Gilbert Keeith Chesterton	*Trois enquêtes du Père Brown.*
4276. Francis Scott Fitzgerald	*Une vie parfaite* suivi de *L'accordeur.*
4277. Jean Giono	*Prélude de Pan et autres nouvelles.*
4278. Katherine Mansfield	*Mariage à la mode* précédé de *La Baie.*
4279. Pierre Michon	*Vie du père Foucault — Vie de Georges Bandy.*
4280. Flannery O'Connor	*Un heureux événement* suivi de *La Personne Déplacée.*
4281. Chantal Pelletier	*Intimités et autres nouvelles.*
4282. Léonard de Vinci	*Prophéties* précédé de *Philosophie et aphorismes.*

Composition Bussière et impression Novoprint
à Barcelone le 15 décembre 2005.
Dépôt légal : décembre 2005.

ISBN 2-07-032029-4./Imprimé en Espagne.

139906